Princesse un jour…
Princesse, toujours ?

Annie Servant

Princesse un jour…
Princesse, toujours ?

Roman

LE LYS BLEU
ÉDITIONS

ISBN : 979-10-422-0321-4

Cette histoire est une fiction imaginée par l'auteure. Toute ressemblance avec des personnes ou des faits existants ou ayant existé ne serait que pure coïncidence.

Encore une matinée de perdue. Je me demande bien pourquoi je continue à venir à ces sélections.

Claquer rageusement la porte du bureau de la directrice de l'agence de casting derrière moi soulagea un peu ma mauvaise humeur.

Et tant pis si ça ne plaisait pas à cette personne si imbue de son importance comme son attitude l'avait souligné. De même que l'indiquait également la taille démesurée de la pièce dans laquelle elle recevait les postulants au rôle qui les propulserait – si, par chance, le choix de la dame en question se portait sur eux – au panthéon du septième art. Ou, à tout le moins, leur permettrait de voir leur nom figurer au bas du générique d'un film ou d'un téléfilm. Aujourd'hui, c'étaient des jeunes femmes qui étaient en lice pour se procurer ce fameux sésame ; dont moi justement. Des affiches de productions célèbres ou cultes étaient accrochées aux murs de l'endroit comme des trophées de chasse. Quelques-unes de celles-ci avaient été réalisées à une période si ancienne qu'on pouvait raisonnablement douter de la participation réelle de l'occupante des lieux à leurs tournages. Certainement pour elle une énième façon de flatter son ego ou de magnifier l'importance de son agence.

Peu importe si cette personne n'appréciait pas mon geste de mauvaise humeur et si ça gâchait mes chances de décrocher ce rôle. Quoique, si je me fiais à ses dernières paroles, ça ne devrait rien changer. Ou alors, elle baisserait encore plus dans mon estime si elle tenait compte de ce genre de détail. Estime qui n'était déjà pas si haute.

Il faut dire que lorsque j'étais entrée dans son bureau, la dame en question n'avait même pas daigné saluer la jeune fille – en l'occurrence moi – qui venait de pénétrer dans son « antre », avant de réciter le début d'un texte qu'on pouvait supposer appris par cœur et destiné à être vraisemblablement seriné un certain nombre de fois au cours de cette journée.

— Mademoiselle, nous recherchons une actrice pour un rôle de princesse et vous…

À ce moment précis de son discours, elle s'était interrompue pour lever les yeux de la liste sur laquelle elle venait de cocher une case et me toiser, comme si c'était elle la princesse en question et celle qui lui faisait face une servante quelconque. Plus que quelconque certainement. Une servante à laquelle elle n'avait pas non plus daigné offrir un siège. Comme il se doit dans ce cas de figure. Puis, elle m'avait longuement regardée, détaillant mon visage, ma tenue vestimentaire, recherchant les éventuels défauts. Qu'elle ne pouvait manquer de trouver ; je ne suis pas parfaite. Qui l'est d'ailleurs ? Au bout d'un moment que j'avais jugé interminable, elle s'était raclé la gorge et avait enfin condescendu – le mot n'est pas trop fort vu la façon dont elle s'était exprimée – à m'adresser la parole.

— Hem… Oui, ça pourrait le faire… Reculez jusqu'à la porte et revenez vers le bureau en marchant normalement… Faites un tour complet sur vous-même…

Vous savez faire une révérence, je suppose… Montrez-moi…

J'avais obtempéré, par habitude, tout en fulminant intérieurement.

Encore un rôle de princesse. Comme si je n'étais pas capable de jouer un autre personnage ! Comme si je n'avais pas suivi des cours pour apprendre à interpréter toutes sortes d'individus différents justement ! Mon oncle s'est bien gardé de me prévenir quand il m'a inscrite à ce casting. Il avait parlé d'une meurtrière. Un second rôle dans un film à gros budget. Dont le metteur en scène serait une pointure ! Du grand n'importe quoi, comme d'habitude ! Je ne suis même pas sûre qu'il connaisse son nom au réalisateur. Plutôt du contraire. Il m'envoie toujours à des castings sans rien vérifier avant. À sa décharge, les annonces ne sont pas toujours explicites. Mais c'est son boulot de contrôler. Un second rôle, tu parles ! Et une princesse ! Encore une ! Et sûrement pas une femme moderne qui prend des décisions, qui a la chance de débiter un texte intelligent. Pas une héroïne originale qu'il faut créer de toutes pièces pour lui donner une chance de s'imprimer dans la mémoire des spectateurs. Comme l'a fait Johnny Depp avec le capitaine Jack Sparrow. Je te parie que c'est encore un personnage de potiche, bien habillée, super pomponnée, censée sourire béatement au roi, ou au prince, ou à la « cour », sans ouvrir la bouche, sauf pour acquiescer à tous leurs propos ! De nouveau un rôle de bécasse qui passera des heures entre les mains de la couturière et de la coiffeuse pour apparaître avec une grimace figée sur les lèvres dans une seule scène ! Voire deux si j'ai de la chance. De la figuration, ni plus, ni moins. Pffft ! C'est pas avec ça que j'aurai mon César ! Super Oncle Marc, je suis sûre que tu le savais ! Tu n'as pas osé me le dire en face, espèce de lâche. Je crois que c'est la dernière fois que je suis tes suggestions et que je me rends à un casting sans lire l'annonce auparavant de mon côté. J'aurais dû me méfier. Ce n'est pas comme si tu ne m'avais jamais raconté de mensonges !

Entretemps, la dame avait continué à me scruter en silence. Puis, elle avait hoché la tête ; un geste qui aurait pu passer pour une approbation.

— Pas mal… Voyons : vous êtes grande, blonde, plutôt mince et vos yeux sont…

Elle s'était penchée, scrutant mon visage et marmonnant assez fort pour que je l'entende.

— … Bleus. Enfin quelqu'un qui correspond à l'âge et au profil souhaités comme mentionné sur la convocation. Ces soi-disant agents artistiques me font perdre mon temps à m'envoyer toutes leurs recrues. Ce n'est pourtant pas difficile de sélectionner celles qui satisfont aux exigences d'un metteur en scène, au moins pour ce qui concerne le physique.

Puis elle avait repris d'une voix plus normale.

— Mademoiselle Étoile, c'est bien votre nom ?

— Oui. Aurore Étoile.

— Je lis sur votre fiche que vous avez déjà interprété le rôle d'une princesse dans… sept films ?

Elle ne put cacher son étonnement devant le nombre inscrit sur le document que j'avais remis à sa secrétaire.

Eh oui, ma Chère, j'ai incarné sept fois une princesse ou son équivalent. Personnage de conte de fées ou altesse dans des films de série B. De série D ou F pour être honnête, vu le peu de retentissement de ces productions. N'empêche, c'est te dire si j'ai de l'expérience pour ce rôle. D'ailleurs si tu veux la vérité, je n'ai jamais véritablement joué autre chose. Il paraît que c'est la faute de mon physique. Trop lisse, trop conventionnel, trop… Trop je ne sais plus quoi, mais trop… Enfin, c'est ce qu'on me raconte le plus souvent. Et c'étaient des rôles secondaires ; vraiment secondaires. N'importe, mon nom est quand même apparu au générique de ces films. D'accord, en lettres minuscules, tout à la fin, mais ça, je ne suis pas obligée de le préciser dans mon CV.

— En fait huit fois, si on inclut celui d'une reine dans le dernier Spielberg.

— Ah ! Spielberg ! Intéressant ça…

Intéressant ! Évidemment que ça l'est ! J'ai une bonne connaissance de ce type de personnage, on ne peut le nier ! Depuis le temps que je joue les filles de roi au cinéma, je serais capable de donner des leçons de maintien à la Princesse de Galles ou à celle de Monaco ! C'est pas pour rien que ma mère m'appelait sa « petite altesse ». Elle, par contre, n'était pas née sous une bonne étoile. Ça non ! C'est le moins qu'on puisse dire ! Sans mauvais jeu de mots ! Elle ne méritait pas de porter ce nom ! Qu'elle ait choisi d'oublier la réalité plutôt glauque pour se réfugier dans un monde de contes de fées avec son enfant, ce n'était pas si surprenant. Toutes ces années à me raconter leurs histoires, à m'expliquer comment leur ressembler à ces héroïnes. Bravo Maman, ta fille a bien assimilé tes leçons ! D'accord, je n'aurais peut-être pas dû citer le film de Spielberg. Ma scène a été coupée au montage, mais a priori cette nana semble l'ignorer. Tant mieux ! Et puis, zut ! Je l'ai vraiment jouée cette séquence ; je ne lui raconte pas des sornettes.

— Je dois faire un essai ?

— Inutile. Écoutez, je ne vais pas vous mentir…

Ne pas me mentir ! Que quelqu'un ne me mente pas dans le milieu de ces recruteurs, ce serait une première !

— … Vous correspondez aux critères recommandés par le réalisateur et les producteurs. Au moins pour le physique. Et votre expérience de ce genre de personnage est sans conteste un atout. Mais, par correction, je vais recevoir toutes les postulantes qui attendent à côté. C'est mon devoir et, après tout, je suis payée pour ça…

Là, elle s'était interrompue et fendue d'un sourire, comme satisfaite de ce qu'elle considérait comme un trait d'humour. J'avais ébauché une mimique de complaisance en retour ; je sais être hypocrite quand il le faut. La Dame avait paru apprécier et avait continué, sur un ton beaucoup plus aimable.

— Alors, mademoiselle Étoile, ne partez pas tout de suite. Même si votre candidature est intéressante et a toutes les chances d'être retenue, attendez à côté… Ne racontez pas aux autres comédiennes qui patientent ce que je viens de vous dire surtout.

Bien sûr que je vais attendre, car j'aurais bien besoin du salaire promis. Quelle est son expression déjà à Oncle Marc ? Ah oui, ne refuse aucun rôle, même ceux qu'on qualifie d'alimentaires. Un rôle alimentaire ! Jolie formule ! Surtout ne pas oublier que chaque fois que je décroche un rôle – même tout petit –, ce sont quelques pièces sonnantes et trébuchantes qui tombent dans son escarcelle à lui aussi. Et parfois, pas que des pièces... Je me suis toujours demandé comment il avait obtenu sa licence d'agent artistique. Il faut un diplôme pour ça ? Ou le parrainage de personnes respectées dans la profession ? Ça, ça me paraît plus discutable. En fait mieux vaut que je ne le sache pas. Encore une de ses satanées combines vraisemblablement. Mais, comme c'était pour m'aider à l'époque, je ne peux pas le lui reprocher. Ce serait de l'ingratitude. Après tout, il est loin d'être mauvais pour ce job. Il lit les annonces et me transmet les renseignements.

— Cela va sans dire.

— Oui, mais je préfère le préciser. Vous pouvez sortir et introduire la suivante sur la liste enregistrée par ma secrétaire à l'accueil. Elle a le numéro 2.

— Je peux vous poser une question avant de partir ?

— Une seule alors, car vous comprendrez que je suis très occupée et n'ai guère de temps à accorder à chaque candidate.

Allez, ma Grande, ne la provoque pas. Flatte son orgueil. C'est ce qu'elle attend de toi... Cache ton agacement... Qu'est-ce qu'il ne faut pas faire pour décrocher un boulot !

— J'en suis consciente mais j'aimerais juste savoir ce qui arrive à cette princesse que j'interpréterai *peut-être*. Enfin, si je suis choisie naturellement. Quel serait mon rôle ? Ce genre de chose. Histoire que je sache ce que je dois travailler dans les prochains jours. Me préparer au mieux.

— Je vous rassure tout de suite : ce ne sera pas un personnage difficile à jouer. Je ne veux pas vous mentir, je vous l'ai déjà dit. Et vous n'aurez nul besoin de le peaufiner. D'après ce que j'en sais, c'est à la portée d'une débutante, ce que vous n'êtes pas. Un simple exercice pour vous.

Aïe ! Si c'est vraiment si facile, pourquoi demander des références dans son annonce ? Pour justifier sa commission ? Donc bien un rôle de potiche. Super !

— D'accord. Merci Madame pour votre franchise.

— Une dernière précision. Vous seriez libre demain, toute la journée ?

— Demain ? Euh, oui. Je suppose que c'est pour les essais.

— Non, pas du tout. On tourne votre scène… Enfin celle que vous aurez à jouer si vous êtes retenue.

— Comment cela, *une* scène ! Une seule scène ?

— Oui. Peut-être trois. Je n'ai plus le document définitif sous les yeux. Vous verrez sur place.

Génial ! Rien qu'une journée de tournage ! Enfin, vu l'état actuel de mes finances, j'aurais quand même intérêt à accepter.

— Et le réalisateur, c'est bien…

— Donc 8 heures, demain matin au studio Joliville si je vous sélectionne. Sachez que les deux rôles principaux sont tenus par Charles Martaul et Samantha Jarvie. Avec un réalisateur comme Franck Superex, il faut s'attendre à une approche du scénario excessivement romantique. Et certainement à un futur succès. J'ai lu le script et c'est plutôt intéressant. C'est une chance pour ceux qui seront à l'affiche de son film. Une occasion à saisir, vous me comprenez ?

C'est qui ces trois-là ? Jamais entendu parler d'eux. Quoique, Charles Martaul, ce ne serait pas celui qui a eu, l'an dernier, le César du meilleur espoir ? Si c'est bien lui, ça pourrait être intéressant. Il est plutôt beau garçon si l'on en croit la photo parue à l'époque dans les journaux. Tu t'étais même dit que sortir avec ce type d'homme, ce serait... Pas le moment de penser à ce genre de choses ma vieille ! Cette nana attend que tu sois impressionnée ; alors, joue le jeu. Fais l'actrice.

— Évidemment. Donc le tournage demain ? Si tôt ?

— De fait, il a débuté depuis un bon mois. Nous avons pris du retard dans le casting. Et le moment où vous êtes censée apparaître – enfin le moment où la *princesse* est censée apparaître – est programmé pour la matinée de demain.

— Mais, ce n'est pas possible ! Je n'aurai jamais le temps de fignoler mon personnage, d'apprendre un texte ! Et d'ailleurs, c'est quoi exactement le titre du film ? Le script ? Je jouerais qui ? Une Dame de la Cour ? Dans ce cas...

— Ne vous inquiétez pas pour ça. Ne m'obligez pas à vous le répéter : ce ne sera pas un problème, surtout avec votre expérience. Bon, on est d'accord ? Vous patientez à côté. Maintenant, envoyez-moi la suivante. Je n'ai que la journée pour trouver l'actrice recherchée.

Vous attendez ! Vous envoyez la suivante ! C'est un rôle de soubrette qu'elle cherche cette Madame « c'est moi qui décide » ! C'est pour ça qu'elle ne veut rien me dire. S'il n'y avait pas ce mois de loyer en retard à payer, sans parler de la facture d'électricité, comme je te l'enverrais promener cette bonne femme ! Je claque la porte ? J'ose ? Oh oui ! Ça soulage !

— Bonjour Aurore. Ça fait plaisir de te revoir. Alors ? C'est pour quel rôle ce casting ?

La voix amicale d'une jeune femme sitôt la porte franchie doucha quelque peu ma colère.

Tiens, Cendy Rillon… Et la bande habituelle.

Il n'y avait personne lorsque j'étais arrivée ce matin. Heureusement que le gardien de l'immeuble avait eu la gentillesse de m'ouvrir, sinon j'aurais dû attendre sur le trottoir. Sous la pluie ! Guère valorisant. Car je m'étais présentée bien avant l'heure indiquée sur la convocation. Bien avant l'arrivée de la secrétaire. Mais cela n'avait guère d'importance dans la mesure où mes coordonnées avaient dû être transmises à l'agence la veille par Oncle Marc. Pour ça, il était toujours réglo. Bref, j'avais vu arriver l'employée qui avait récupéré sur son ordinateur les CV des postulantes et eu largement le temps de les imprimer avant l'arrivée de sa *Chef.* Celle-ci avait traversé la pièce sans s'arrêter une seconde, en attrapant au passage les documents que lui tendait sa subordonnée. Elle avait juste adressé un vague bonjour du bout des lèvres à son employée et ignoré magnifiquement ma personne, à croire que j'étais invisible. Mon a priori défavorable sur cette charmante dame s'était – hélas – confirmé depuis.

Mais voilà que la salle d'attente s'était remplie entretemps. Enfin remplie ! C'est un grand mot ! Elles n'étaient que quatre à patienter. Ce qui faisait cinq avec moi. C'est dire si l'offre du jour devait être intéressante. D'ordinaire, on était une vingtaine au bas mot à tenter notre chance pour un rôle. Parfois même plusieurs dizaines.

Nous étions seules dans la pièce, la secrétaire ayant mystérieusement disparu pendant ma propre audition. Ce qui confirmait – si besoin était – que nulle autre postulante, en dehors de nous cinq, n'était censée se présenter.

Et laissait planer quelques doutes sur la notoriété de sa « Chef », la responsable en question.

Quant aux quatre autres candidates ! Ça faisait au moins quinze fois qu'on se croisait dans les mêmes castings depuis quatre ans. Depuis le début de ce que j'appelais pompeusement ma « carrière ». On avait tissé des liens presque amicaux à force de se rencontrer et de papoter dans les salles d'attente. Ce n'était pas parce qu'on était « concurrentes » en quelque sorte qu'on devait se détester.

Pas bon signe qu'il n'y ait personne d'autre ce matin. Ça confirme mon impression première. Un personnage sans intérêt, dans un film de série D pour le moins... Encore un ! Quoique, du coup, j'ai peut-être effectivement une chance de décrocher la timbale... Oncle Marc va encore en profiter pour me demander de faire des repérages. Et puis, zut ! J'en ai assez de ses embrouilles. Il est temps que je le lui dise une bonne fois pour toutes.

— Bonjour à vous toutes. Sympa de vous voir. On hante encore les mêmes lieux à ce que je vois. Cendy, je ne m'attendais pas à te trouver là. Je croyais que tu avais eu le rôle de la fermière pour le film de Cantet la dernière fois qu'on s'était rencontrées. Je t'imaginais sur le tournage.

— Non, je me suis fait coiffer sur le poteau par une débutante ! C'était le premier casting de sa vie à cette fille, tu te rends compte ?

Un cri d'indignation sortit des bouches artistiquement soulignées d'un gloss plus ou moins brillant des deux autres jeunes femmes. La quatrième – et la seule à ne pas avoir le visage maquillé – ne dit rien, mais je lisais sur son visage la même incrédulité que sur les nôtres.

— Une débutante ! Mais tu avais déjà joué une paysanne dans le film de José Faiblont l'an dernier ? Tu nous avais bien dit que tes parents élevaient du bétail, non ? S'il y avait quelqu'un qui connaissait ce milieu, c'est bien toi ! Tu n'aurais même pas eu besoin d'imaginer ton rôle, d'apprendre les bons gestes avec des professionnels. Une occasion en or !

— C'est vrai. Et rendez-vous compte : la fille qu'ils ont choisie n'avait jamais mis les pieds dans une ferme avant. Elle avait toujours vécu dans une grande ville. Je ne suis pas sûre qu'elle savait faire la différence entre une poule et une pintade avant le début du film ! J'exagère à peine ! Le grand avantage qu'elle avait sur moi, c'était d'être parrainée par le prof du cours François. Vous voyez de qui je veux parler ?

— Le grand Jean D. ?

— Celui-là même. Enfin, parrainée, c'est un euphémisme… Vous me suivez ? De plus, son agent est un copain des producteurs. Mettez tout ça dans la balance et vous comprenez pourquoi je n'avais aucune chance de décrocher la timbale face à elle !

— Ma pauvre ! C'est vraiment pas juste. Sélectionner une parfaite inconnue juste parce qu'elle est pistonnée, sans expérience, contrairement à toi ! La promotion canapé ! Je croyais que ça n'existait plus à notre époque !

— Il faut croire que non. La preuve !

— Tu veux qu'on partage sur les réseaux, histoire de leur faire un peu de pub ?

— Non, je préfère oublier… Ou imaginer cette nana pataugeant dans du crottin. Oui, ça me plaît bien de penser à elle ainsi.

— L'image que tu suggères est sacrément… délectable ?

— N'est-ce pas ? De toute façon, ça ne sert à rien de revenir sur les échecs du passé. Il faut avancer ; positiver, comme le disait toujours mon ex. Qui lui a bien su *positiver* après que je l'ai mis à la porte. Mais, on oublie. Bon, alors c'est qui le personnage que nous sommes supposées interpréter aujourd'hui ? Ce n'était pas précisé dans la convocation transmise par mon agent.

— Une princesse d'après ce que j'ai compris.

— Encore une princesse !

La même phrase prononcée simultanément par les quatre à patienter. À croire qu'elles faisaient partie d'un ensemble vocal. Et ce n'était plus de l'indignation sur leurs figures, mais plutôt de la déception, voire du désespoir.

— Ouais ! Encore une ! Je suis censée lui envoyer la suivante à cette directrice du casting. La numéro 2. C'est toi Cendy ? La première fois que je la vois celle-là et j'aime autant vous prévenir : ce n'est pas Miss Gracieuse. Elle ne se prend pas pour n'importe qui ! J'espère ne pas croiser souvent sa route à l'avenir. Quant au film, au rôle, elle ne m'en a rien dit. C'est le physique qui prime pour le choix de l'actrice d'après ce que j'ai compris. Et le metteur en scène, comme les interprètes principaux sont loin d'être des stars d'Hollywood. Alors, mes cocottes, nul besoin de déclamer une tirade de Shakespeare ou de Molière pour l'impressionner.

Je ne mentionnais pas à mes amies la promesse que cette dame m'avait faite. Des amies ! C'est ce qu'elles étaient pratiquement devenues au fil du temps, à force de fréquenter les mêmes lieux. À force de jouer le même type de personnage. Je n'avais qu'une confiance très limitée dans les déclarations de cette directrice. En outre, décrocher le rôle au détriment de celles qui étaient devenues des camarades de galères en quelque sorte n'était pas pour me réjouir. Si, au moins, c'étaient des étrangères celles qui partageaient l'attente aujourd'hui, je n'aurais eu aucun mal à me taire. Mais, avec ces jeunes femmes, la donne n'était pas la même. Ma gêne dut se lire sur son visage, car Cendy s'empressa d'ajouter.

— Ne te bile pas pour nous. Si c'est toi qui es choisie, on ne t'en voudra pas. C'est la même chose si c'est une autre d'entre nous qui gagne le gros lot aujourd'hui. Pas vrai les filles ?

Les trois autres hochèrent la tête de concert.

— Vous êtes sympas les filles. Merci.

— Allez, on ne va pas sortir les mouchoirs. On va se dire que c'est la meilleure du moment présent qui va gagner. Bon, j'y vais. Je suis là, alors… Et, si j'ai bien compris, cette dame n'aime pas attendre…

Cendy Rillon se leva en soupirant, remit en place la seule mèche blanche de sa chevelure qui, comme à l'accoutumée, avait eu l'audace de s'échapper de son chignon blond très sage, frappa un coup ferme sur la cloison. On entendit la réponse quasiment hurlée. Cendy leva les yeux au ciel, fit un doigt d'honneur à celle qui s'époumonait de l'autre côté du mur et poussa la porte d'un air décidé.

— Mesdemoiselles, je vous souhaite une bonne journée.

Tora Allumette venait de se lever et se dirigeait vers la sortie, avant même que la porte ne se soit refermée totalement sur la numéro 2 officiellement désignée.

— Tu n'attends pas ? demanda Blanche Nainon.

— Un rôle de riche princesse, ce n'est pas pour moi ! Je suis plutôt destinée à jouer les mendiantes ou les soubrettes toute ma vie. Ou alors une princesse déchue, une sorte de Cendrillon sans marraine pour lui sauver la mise. Vous m'imaginez porter une robe longue ? Des bijoux ? J'ai toujours l'air empotée avec ces machins sur le dos.

Et la voilà qui se lève, traverse la pièce comme un mannequin lors d'un défilé. Elle mime un salut vers le mur opposé de la main gauche (tiens c'est vrai, elle est gauchère !) avant de se retourner vers nous.

— Sans façon ! Je vous laisse la place. Quand je pense que j'ai dû négocier une absence exceptionnelle avec le patron du bar où je travaille pour venir ici. Le cher homme m'a fait comprendre qu'il en avait assez de mes absences à répétition pour mes « chimères ». Chimères, mirages, illusions à perdre, ce sont les termes qu'il a employés ! On dirait une liste de synonymes. Amusant, non ?

— Il ne faut pas croire tout ce qu'il te dit cet homme, Tora.

— Ah oui ? Illusions à perdre ! Il a quand même affirmé ça ! Il s'est cru drôle en plus ! Surtout que je commence sacrément à les perdre mes illusions ! Puis, pour finir, j'ai eu droit à « C'est la dernière fois que je vous autorise à prendre un congé pour ces enfantillages et la matinée sera retenue de votre salaire ! ». Je vous ai bien dit qu'il était charmant. Tout ça pour ça. Je crois que je vais laisser tomber mes espoirs de décrocher un grand rôle et ma carrière d'actrice dans la foulée. Enfin carrière est un terme peut-être un peu exagéré si je fais le bilan. En tout cas, c'est ce que souhaiterait mon…

Elle dessina les guillemets dans l'espace.

— « Fiancé ».

Son visage s'était subitement éclairé en prononçant ce dernier mot.

— Tu as un fiancé ? Tora, tu es une cachottière ! Raconte : tu le connais depuis longtemps ?

— Non, c'est récent. Mais ça a tout de suite matché entre nous. Et… Oh, les filles, on n'est pas là pour parler de ma vie amoureuse !

— OK, j'arrête ! Mais quand tu dis qu'il voudrait que tu lâches le cinéma, il est peut-être de parti pris ? Il a peur que tu le laisses tomber pour un acteur ?

— Rien à craindre : je suis amoureuse. C'est la première fois que ça m'arrive ; vous savez, le coup des papillons dans le ventre quand je le vois, je n'y croyais pas avant. Eh bien, je… Euh…

— Waouh ! Les filles, Tora est amoureuse.

— Trop contente pour toi. J'aimerais bien moi aussi rencontrer LE bon… Et toi Aurore ?

— Moi aussi, c'est sûr. Mais Tora, s'il veut te garder pour lui tout seul, c'est qu'il est jaloux ?

— Pas vraiment. Bon, d'accord, il n'est plus très jeune. Enfin pas si vieux que ça non plus, n'exagérons rien. Quarante ans, c'est tout. Et il a un boulot stable, lui. En outre, il souhaite fonder une famille et je suis d'accord. Il a raison ; vu mon âge, je dois commencer à y songer… Oh, ça va ! inutile de me regarder comme ça ! Je suis plus près des trente que des vingt !

— Trente ans ! Alors là tu nous épates ! Tu ne les fais vraiment pas !

— Merci. C'est gentil de vouloir me remonter le moral. Mais, d'après lui, élever des enfants, ce n'est guère compatible avec le métier d'acteur, même si, jusqu'à présent, il ne m'a jamais découragée. Au contraire. Il y a longtemps que j'aurais laissé tomber s'il n'avait pas été là pour me soutenir ces dernières semaines.

— Tora, il a sûrement ses raisons ; ça, on ne le nie pas. Mais, pense aussi à toi ; tu ne dois pas baisser les bras aussi facilement.

— Tu crois Aurore ? Toi au moins, tu as eu des propositions. Pas mirobolantes, je te l'accorde, mais tu as joué dans plusieurs films. Ton nom est apparu sur des génériques. Regarde-moi ! Des figurations occasionnelles, un rôle de domestique dans une mini-série à la télé au début de l'année. Dix minutes de présence sur l'écran en tout après presque cinq ans de galère ! Et quand je dis présence, j'avais juste deux phrases à dire ! Non, basta ! C'est bien décidé ! J'abandonne !

— Attends au moins que Cendy soit ressortie.

— Non, je le répète : c'est tout réfléchi. Je ne reviendrai pas sur ma décision. Vous expliquerez mon départ à cette si *gentille* dame. Ta *Miss Gracieuse.* Quoique je pense que cela ne lui fera ni chaud ni froid à cette personne.

— Tu devrais quand même tenter ta chance, insista Sirena Perrot.

— Je vous le redis, j'en ai assez de perdre mon temps. Il y a un moment que je pensais aussi à changer de métier, avant même de rencontrer B… Avant même de le rencontrer…

Tiens, elle ne veut pas qu'on sache son prénom ? Bizarre…

— … et je crois que ce qui arrive aujourd'hui est un signe. C'est *le* signe.

— Et tu voudrais faire quoi ? demanda Aurore.

— En tout cas plus serveuse ! Je me verrais bien gérer un petit commerce, vendre des objets souvenirs, des bougies parfumées, des savons, des allumettes originales ; ce genre de choses. J'ai un petit pécule de côté qui me vient de mes parents. Je vous ai déjà dit que j'ai été placée dans une famille après leur décès ? J'avais dix ans à l'époque. Enfin bref, les Services Sociaux me l'ont remis à ma majorité. Je ne savais pas comment l'utiliser. C'est pas énorme, mais ma logeuse travaille dans une banque et elle se fait fort de m'aider à obtenir un prêt. C'est elle qui m'avait aidé à placer cet argent au départ sur un compte qui rapporte. Elle m'a toujours bien conseillée. Mon fiancé a aussi quelques économies et il est prêt à m'aider. Vous voyez, ce serait un bon plan.

— Dit ainsi, je crois que tu as raison et je te souhaite bonne chance. On devrait peut-être penser nous aussi à une reconversion. C'est le bon terme à utiliser, je crois. Qu'en dites-vous, les filles ?

Je m'étais tournée vers les deux autres, attendant une réponse qui ne vint jamais, car, entretemps, la porte s'était de nouveau ouverte sur une Cendy dont le chignon de travers exprimait une colère évidente.

— Elle a osé me déclarer que ma mèche blanche était un critère négatif. Né… ga… tif ! C'est la première fois qu'on me dit un truc pareil. D'ordinaire, on me souligne cet atout qui fait mon *(elle traça des guillemets dans l'air)* charme. Et cette femme !

— Cendy, calme-toi.

— Inutile de me demander de me calmer, Blanche. Je lui ai proposé de me faire teindre ma mèche, mais ELLE a dit que ça ne le ferait pas, que le tournage commençait demain, qu'il lui fallait une vraie blonde aux yeux bleus, et bla, bla, bla. Je suis une VRAIE blonde ! Et j'ai les yeux clairs ! Enfin, pas bleus, d'accord, mais marron clair ! Et les lentilles teintées, ça existe, non ? Vous savez quoi, les filles ? Je me CASSE ! Salut !

Et la voilà qui joint le geste à la parole, quittant la salle avant même que nous n'ayons repris nos esprits. Imitée aussitôt par Tora.

— Une blonde aux yeux bleus… Pas pour moi alors, dit Blanche. Mes cheveux et mes yeux sont beaucoup trop noirs. Alors bonne chance à l'une d'entre vous et à la prochaine. Moi aussi, je pars. Je vais essayer de rattraper Tora et Cendy et leur remonter le moral. *Princesses*, je vous souhaite le meilleur.

Blanche se fendit d'une révérence parfaite, avant de quitter la pièce en envoyant un baiser aux deux encore présentes.

Sirena poussa alors un long soupir.

— Bon. Eh bien, j'espère que ce sera un succès pour toi, Aurore.

— Tu ne vas pas abandonner toi aussi ?

— J'en ai bien l'intention.

— Tu ne forces pas le destin ?

— Avec mes yeux verts et mes cheveux auburn pour employer le terme préféré des coiffeurs – pardon des « embellisseurs capillaires » – quand ils me voient.

Et la voilà qui se met à en parodier un justement.

— *Oh, Mademoiselle, la couleur de vos cheveux, c'est une pure merveille ! Ces mèches cuivrées qui réfléchissent la lumière du soleil ! C'est si rarissime ! On jurerait que c'est naturel ! Vous utilisez quelle teinture* ? Les imbéciles ! Personne ne me croit lorsque je précise que je suis née comme ça et que c'est on ne peut plus *original* au sens premier du terme.

Je ne pus m'empêcher de rire. L'imitation était parfaite, surtout quand on connaissait le modèle : le coiffeur attitré des stars, comme il se plaisait à le dire. Nous avions eu le « grand privilège » d'être apprêtées par lui sur un tournage récent auquel nous avions pris part toutes les deux.

— Alors, tu veux toujours parier sur moi ?

— Non. J'ai bien peur que tu n'aies raison. Mais je le regrette sincèrement. J'ai adoré ces deux journées passées ensemble. Les personnages que nous devions interpréter étaient *presque* intéressants. Et, surtout, on avait un texte à déclamer.

— C'est vrai. Moi aussi j'ai aimé qu'on soit dans un même film. C'était génial !

— J'espère que nous aurons l'occasion de renouveler l'expérience.

— Je le souhaite également. A priori, il n'y a plus que toi maintenant. Ça va lui simplifier la vie à cette *Miss Gracieuse*, comme tu l'appelles.

— C'est clair. Je suis son seul choix désormais. Tu connais l'adage : « au royaume des aveugles… »

— C'est tout à fait ça. Bon film alors. Tu nous raconteras.

— Promis. À plus.

Au moment où Sirena Perrot franchissait à son tour la porte donnant sur l'extérieur, celle du bureau s'ouvrit. La directrice apparut sur le seuil et sembla à peine surprise en n'apercevant plus que moi. Il n'était pas impossible que nos éclats de voix ne soient parvenus jusqu'à elle. Et les commentaires « désobligeants » aussi vraisemblablement. Mais rien dans son attitude ne le laissait supposer.

Heureusement car elle avait dû reconnaître ma voix dans le lot. J'admettais que je ne l'avais guère flattée ; à tout le moins. Pourtant je n'en éprouvais aucun remords. Je n'avais pas menti, non ?

— Les autres sont parties.

C'était plus une constatation qu'une question d'ailleurs.

— Euh… oui.

— Eh bien, c'est parfait. Mademoiselle Étoile, vous avez le rôle. Vous pouvez revenir dans mon bureau et signer les documents.

Une demi-heure plus tard, je quittais les lieux à mon tour, dans un mélange d'excitation et d'interrogation. Je n'avais aucune idée du personnage que j'allais devoir interpréter, mon interlocutrice étant restée encore très vague à ce sujet. J'avais néanmoins signé le contrat proposé sans hésiter, le salaire offert étant particulièrement attractif et je n'avais pas la chance d'avoir un emploi fixe, contrairement à mes quatre autres camarades. Cela faisait deux semaines que les sociétés d'intérim où je m'étais inscrite en tant qu'hôtesse d'accueil n'avaient rien eu à me proposer et mes réserves financières avaient fondu comme neige au soleil.

Le rôle « alimentaire » mentionné par le demi-frère de ma mère n'était pas qu'une vue de l'esprit finalement.

***

Aussitôt dans la rue, je sortis mon portable de mon sac. Mon correspondant décrocha dès la deuxième sonnerie.

— Alors ?

Comme d'habitude, tu oublies les formules de politesse.

— Bonjour à toi aussi, Oncle Marc.

— Oui, oui, bonjour. Alors ?

— J'ai le rôle.

— Super ! Tu commences quand ?

— Demain matin. Dis-moi, tu savais que c'était encore un personnage de princesse ?

— Je n'en étais pas vraiment sûr. L'annonce n'était pas très claire.

— Pas sûr ! Ben voyons. Ne mens pas. Pourquoi tu m'as parlé d'une meurtrière ? Tu as inventé ça pour me pousser à y aller ? Tu avais peur que je ne me présente pas au rendez-vous, c'est ça ?

— J'avoue ; peut-être un peu. Parce que des propositions de rôles qui te correspondent, y'en a pas des tonnes en ce moment. Et tu jouais les difficiles en plus, admets-le. Mais calme-toi ma Chérie, tu as été choisie. C'est le principal, non ?

- Vouais. On peut dire ça, je te l'accorde.

— Et c'est qui le réalisateur ? Car cette madame truc chose ne donnait aucune précision dans son annonce.

— Un certain Franck Superex.

— … Superex ! Tu as bien dit… ? Tiens, tiens… Franck… Alors, ça… Ce serait une sacrée coïncidence…

— Tu le connais ?

— …

— Oncle Marc ! Tu es toujours là ? Allo, il y a quelqu'un ?

— Oui… Excuse-moi, tu disais ? Ça a dû couper.

Tu as une drôle de voix, mon Oncle. Si ça avait été une autre personne que toi au téléphone, j'aurais parié que tu me caches quelque chose.

— Je te demandais si tu connaissais ce Franck Superex, parce que…

— Superex ? Oui, je le connais… de réputation seulement. Comme beaucoup de gens. Je… Je n'ai pas le souvenir d'avoir croisé sa route… Rien de surprenant : tu sais bien que je n'ai jamais rencontré beaucoup de gens du cinéma d'ailleurs. Je préfère utiliser le téléphone, les mails. C'est plus pratique et ça évite ces réunions insipides où on parle de tout et de rien. Plus de *rien* d'ailleurs que de *tout*. Sans oublier ces foutues soirées où il est bon – paraît-il – de se montrer ! Mais, ce gars, Superex, je sais qui c'est. J'ai déjà vu son nom au générique de deux films. Quoique ce n'étaient pas des chefs-d'œuvre à mon avis ; enfin, je ne suis pas un expert. En tout cas, tu as eu raison d'accepter.

Pourquoi j'ai encore l'impression que tu me mens ? Peut-être parce que tu n'es pas du genre bavard d'ordinaire.

— Tu le connais seulement de réputation ?

— Mais naturellement ! Que vas-tu imaginer ? Dans le milieu, on parle beaucoup de lui comme du futur « grand » réalisateur… Bon, c'est vrai qu'il a commencé sur le tard. Mais il évoluait déjà dans l'univers du cinéma auparavant comme producteur. Enfin, à l'origine, c'était une activité secondaire ; une sorte de hobby. Un moyen de faire fructifier son argent aussi, je pense. Il est surtout connu dans le milieu des affaires. C'est le dirigeant d'une grande multinationale, je ne saurais dire dans quel domaine précisément d'ailleurs. Plusieurs sans doute, comme beaucoup de ces sociétés. Au début, c'était une entreprise familiale qui s'est sacrément développée, d'après ce que j'ai lu. Plus exactement, *c'était* lui le directeur avant… avant… Avant maintenant. Les médias ont pas mal jasé à l'époque quand il a abandonné son poste de PDG au profit de son fils pour se lancer dans une carrière cinématographique. On ne s'improvise pas réalisateur du jour au lendemain. Mais, il semble que lui y soit parvenu. Enfin, les deux films à son actif depuis ses débuts comme metteur en scène ont obtenu une critique prometteuse…

Arrête de parler autant. Ce n'est pas ton genre ! A priori, tu sais beaucoup de choses sur lui déjà. Vraiment beaucoup. Une tonne de détails pour quelqu'un qui prétend ne pas le connaître.

— … Tu vois que je me documente. C'est mon job, remarque, de savoir ce genre de choses. Bref, figure-toi qu'il possède une villa à B… Il paraît qu'il collectionne tout un tas de jolies choses chez lui. Si on se débrouille bien, on va se faire un joli magot.

— *On* ! *On*, Oncle Marc ! Non ! Non, *toi* tout seul, car en ce qui me concerne, c'est fini. Clap de fin ! J'ARRÊTE !

— Ma Chérie, tu es stressée. Repose-toi et demain…

— Je ne suis pas stressée ! Et il n'y aura pas de demain ! Ni d'après demain ! J'en ai assez de te servir d'indic, d'être ta… ta *partenaire*. C'est bien ainsi que tu définis mes fonctions ? Assez de danser sur une corde raide avec la police ! Je veux vivre une vie normale ! Je veux être *respectable* !

Si vous espériez une héroïne de roman qui soit un modèle d'honnêteté, qui soit bien sous tous rapports, alors passez votre chemin et arrêtez votre lecture à ce stade. Car je ne corresponds absolument pas aux critères de la pauvre fille *sans peur et sans reproche* qui se trouve par hasard au mauvais endroit, au mauvais moment. Je suis – je l'avoue – la complice occasionnelle d'un voleur. Je suis aussi une figurante à temps partiel. Et une actrice – quand la chance est de mon côté – également à temps partiel. Ainsi qu'une hôtesse d'accueil toujours à… Bon, vous avez compris.

Je vous ai parlé de ma mère, mais pas de mon père. Et pour cause. Je n'ai jamais appris qui était mon géniteur et je ne suis pas persuadée que celle qui m'a mise au monde l'ait su précisément. Bref, dit comme ça, vous avez deviné quelle était sa profession.

Un emploi occasionnel cependant, dans le but d'augmenter son salaire de serveuse dans un restaurant. Genre travailleur indépendant, si cette qualification est acceptable dans son cas. Et à chaque fois qu'elle s'adonnait à cette activité, mon oncle apparaissait toujours dans le paysage : histoire d'éviter qu'elle ne tombe sous la coupe d'un souteneur. Allant jusqu'à accepter de passer pour son « mac ». Il n'avait pas cessé de nous protéger toutes les deux à sa façon.

Malgré ses activités peu « recommandables », ma mère a néanmoins essayé de me donner la meilleure enfance possible, ce qui, dans son cas, n'était pas évident. D'où l'éducation « bon chic, bon genre » que j'ai déjà évoquée. Aidée en cela par son aîné, en réalité son demi-frère, son seul parent, celui qui a toujours été à ses côtés dans les bons et les mauvais jours. Je me dois de le reconnaître. Un oncle adepte des petits boulots, des petites combines, des petites magouilles, un peu voleur également à l'occasion. Lequel avait réussi durant des décennies à éviter autant les coups « foireux », que les arrestations. Ainsi que j'ai pu le deviner car, pour dire la vérité, je ne connais de lui que ce qu'il a bien voulu me raconter. C'est-à-dire pas grand-chose en dehors de ce que j'avais besoin de savoir pour lui *prêter la main* à l'occasion. Quant à ma mère, une *tombe,* comme lui, sur ce qui concerne leur famille. On m'a juste fait comprendre, dès ma prime enfance, que leurs parents étaient morts bien avant ma naissance et que moins j'en saurais sur eux et mieux ce serait, dans la mesure où ce n'étaient pas des personnes « recommandables ». Le comble de l'ironie lorsqu'on pense à leurs propres moyens de subsistance à eux deux. Mais une enfant est disposée à accepter ce que disent les adultes, sans poser de questions.

Ce que j'ai fait… Jusqu'à ce que je vieillisse et ne sois plus cette enfant crédule…

Lorsque ma mère était décédée, l'année de mes dix-huit ans, le deuxième jour des vacances d'été, juste après que j'ai obtenu le bac – il y a de ces coïncidences dans la vie ! – mon oncle m'avait offert son épaule pour consoler mes revers tant sentimentaux que professionnels à venir. Une semaine après l'enterrement, je lui avais ainsi annoncé à la fois que je gardais le minuscule appartement que je partageais avec ma mère depuis ma naissance, que je voulais faire l'actrice, que je m'étais inscrite à des cours de théâtre (pour apprendre le métier) et à des agences d'intérim (pour avoir un emploi et donc un salaire en attendant de devenir une vedette de l'écran ou de la scène).

Car, naturellement, je ne doutais pas de mes capacités à devenir une star.

Au royaume de l'espoir, il n'y a pas d'hiver. Impossible d'expliquer pourquoi ce proverbe russe me trottait dans la tête à l'époque. Je me souviens l'avoir cité à mon oncle comme argument ultime et m'être étonnée de voir des larmes couler sur ses joues en m'entendant le mentionner.

— Ta mère m'avait dit la même chose autrefois, avait-il avoué.

Sans me spécifier naturellement à quelle époque se situait « l'autrefois » en question, ni pour quelle occasion. Je ne lui avais pas demandé de préciser, car si cette phrase avait surgi dans mon esprit, c'est que, à moi aussi, elle avait dû la dire. Mais quand ?

Mon oncle avait alors – je n'ai jamais su comment – obtenu un statut certifié d'agent artistique. Officiellement pour m'assister dans ma carrière. Officieusement, pour m'utiliser comme instrument de repérage des propriétaires qu'il envisageait de délester d'une partie de leurs richesses. C'est ainsi que j'avais découvert une fraction de ses activités *illégales*. Et que j'avais accepté de l'aider par affection ? Reconnaissance ? Encore aujourd'hui, je ne sais toujours pas pourquoi j'ai accepté le jour où il me l'a demandé.

Des réceptions sont souvent organisées durant les tournages ; les acteurs y sont naturellement invités. Les figurants aussi parfois. Quoi de plus facile alors que de « visiter » ainsi les demeures où celles-ci sont données, de repérer les « trésors » qu'elles contiennent, de faire –

éventuellement – un moulage des clés ou des serrures, de noter l'existence ou l'absence de systèmes d'alarme, etc., etc. Vous avez compris quel était alors mon rôle. Oncle Marc s'introduisait par la suite dans lesdites demeures et y faisait ses *emplettes*. Deux ou trois objets judicieusement sélectionnés, jamais plus. Le tout si discrètement que, jusqu'à présent, jamais il n'avait été soupçonné, ni le lien avec moi envisageable.

Heureusement pour nous deux.

Des *emplettes* donc modestes, de façon à ce que leur *fruit* ne « titille » pas les services de police et du fisc, n'entraîne pas non plus d'enquêtes approfondies, ne révèle pas un train de vie trop supérieur à ce que ses emplois réels et déclarés lui rapportent. Juste ce qu'il faut pour s'autoriser quelques extras et m'aider financièrement. Même si ça, je rechignais à l'accepter.

Mais, ce que d'aucuns appelleraient le remords, une conscience ou la peur d'être arrêtée – je ne sais quel sentiment primait sur l'autre – me taraudait depuis un certain temps et j'envisageais une vie plus « normale ». Une vie semblable à celle qu'expérimentaient par exemple mes collègues « princesses », avec des hauts et des bas certes. Mais c'était déjà mon quotidien, alors… Sans avoir besoin de trembler à chaque coup de téléphone, ou lorsqu'on sonnait à la porte. J'avais envie de voir ma photo à la une des journaux, mais à la rubrique des spectacles, pas à celle des faits divers.

Vous êtes toujours là ? Comme je vous sais gré de m'accepter telle que je suis, avec mes défauts ! Et surtout mes erreurs !

Je reprends alors le cours de mon histoire là où je l'avais interrompue.

— Je ne suis pas stressée ! J'en ai assez de te servir d'indic ! Assez de danser sur une corde raide avec la police ! Je veux vivre une vie normale ! Une vie honnête !

C'était la première fois que j'osais révéler ce souhait. Je lui laissais le temps d'assimiler cette idée. Sa voix tremblait légèrement lorsqu'il reprit.

— Ma Chérie, je comprends mais j'ai vraiment besoin de toi sur ce coup-là. Ce sera la dernière fois que je te demanderai de l'aide. La dernière. Je te le promets.

— C'est le genre de promesse que tu ne seras pas capable de tenir !

— Je m'y engage. Vraiment. Crois-moi… Cette fois, c'est sûr… D'ailleurs, tu as raison : il est temps pour moi de prendre ma retraite. Je me fais vieux, tu sais. M'introduire ainsi chez les autres en catimini, transporter des sacs lourds sur le dos, ce n'est plus de mon âge. Et puis, si tu deviens… pardon, *quand* tu deviendras une vedette, on aura suffisamment d'argent pour mener une vie honnête.

Son discours sur son âge toucha ma corde sensible, ou quel que soit l'endroit de mon cerveau assez naïf pour croire à ses discours. Depuis toute petite, c'était la seule figure paternelle que j'avais connue et il avait toujours été présent pour consoler la fillette que j'étais alors. Je lui devais bien une dernière chance… Si ?

***

Le lendemain matin, je me présentai donc à l'heure dite sur le plateau où régnait déjà une grande agitation. Je m'inquiétais de ne pas passer aussitôt entre les mains d'une habilleuse ni d'une maquilleuse. Mais ma crainte fut un peu apaisée lorsque je m'aperçus que les autres personnes présentes étaient en costume « du quotidien » et peu fardées. Celui que je supposais être le prince portait un bermuda et une chemise de plage ; il y avait des figurants en maillot de bain, d'autres en tenues estivales. Et, a priori, l'acteur principal était bien celui auquel je pensais. Ce qui remonta un peu mon moral en l'apercevant, car il était plutôt beau garçon. Nettement plus beau d'ailleurs que sur les photos parues de lui dans la presse l'année précédente.

Nos regards se croisèrent et mon cœur eut comme un arrêt… Il me sembla que, lui aussi, de son côté…

Aurore, ma Grande, ne commence pas à jouer les midinettes. Tu ne vas pas t'amouracher d'un acteur. Et c'est certainement un film de série B, voire de série F. Tu aurais dû faire comme tes camarades hier et partir. Ça aurait pu être drôle si cette célèbre directrice de casting n'avait eu personne à proposer ce matin ! Un pavé jeté dans son CV !

Je n'eus pas le temps de poursuivre plus avant mes réflexions car celui qu'on m'avait désigné à mon arrivée comme le metteur en scène – et dont le nom m'était totalement étranger avant la veille – s'approchait de moi. Un bon cinquantenaire, bien qu'il soit difficile de le dire avec précision, car visiblement il fréquentait des chirurgiens esthétiques. Mais, si on peut camoufler l'âge sur les visages, les mains ne trompent pas et les siennes étaient recouvertes de ces taches dues à la vieillesse. Ce que je remarquais aussitôt, le personnage les agitant pour accompagner les propos qu'il tenait à l'intention de la jeune femme qui l'accompagnait. Il me jeta un coup d'œil et je ne pus m'empêcher de noter la surprise qui se peignit sur son visage. Suivie aussitôt d'une émotion impossible à définir. Enfin, ce fut si fugitif que je me demandais si je n'avais pas rêvé car l'instant d'après ses traits étaient redevenus impassibles et il ajoutait : « Ouais, c'est bon. Elle fera l'affaire. On ne change rien ».

Comment ça : elle fera l'affaire. Je ne suis pas une marchandise tout de même !

— Alors c'est vous la fille de… l'actrice choisie par la responsable du casting pour le rôle de princesse ?

— Euh, oui.

La fille ? Mais qu'est-ce qu'il raconte ? Je rêve ou il allait dire la fille de quelqu'un ?

— Vous vous appelez comment ?

C'était demandé avec l'ébauche d'un sourire, mais le regard perçant et froid qui accompagnait ses propos fit passer un frisson dans mon dos. Une sensation bizarre que je m'empressais d'oublier.

Tiens, il redevient presque poli. Quoiqu'un « bonjour » ne lui aurait pas écorché les lèvres. Mais, je vais faire preuve de tolérance et revoir ma copie à son égard. Tout le monde a droit à une deuxième chance, paraît-il. Et puis, ce n'est pas comme si j'étais une super star devant laquelle on déroule le tapis rouge. Un accueil comme ça te ramène sur terre, ma vieille.

— Aurore Étoile.

— Aurore… Joli nom. Bienvenue Mademoiselle Étoile. Julie va vous indiquer votre place. On tourne dans cinq minutes.

— Et mon texte ?

— On vous a briefée hier, je crois ; vous devez juste dire « Ah ».

— Pardon ? Seulement « Ah » ? Et…

— C'est tout, daigna-t-il me répondre sur un ton sec. Julie !

La dénommée Julie, celle qui l'accompagnait, hocha la tête.

Tout compte fait, il ne va pas l'avoir sa deuxième chance. Il se prend pour qui ce gugusse ?

— Mais un « Ah » comment ? Un « Ah » de surprise ? De joie ? De peur ? De…

Déjà, le réalisateur s'éloignait, ignorant ostensiblement ma demande, pour se diriger vers un homme en costume et lui murmurer quelques mots à l'oreille. Un balèze, style agent de sécurité ou bodyguard adepte de la gonflette ; ce qu'il était peut-être d'ailleurs. Un body quelque chose. Je compris qu'ils parlaient de moi car les yeux de l'individu m'effleurèrent avant de quitter l'endroit. Je n'eus pas le loisir de m'interroger plus à cet égard que le dénommé Superex s'installait à sa place dévolue sur le plateau, faisant signe à tous les techniciens et autres figurants de l'imiter. Je n'avais même pas eu le temps de le questionner sur mes partenaires, encore moins sur ce que j'étais censée faire. Persuadée que je devrais endosser un costume, je n'avais revêtu ce matin qu'un simple jean et un sweat beige. Et des baskets. Je n'allais quand même pas jouer une princesse en baskets ? Si ?

Il me semble qu'il y a un livre qui s'intitule « la princesse en sabots ». Bravo, ma vieille, toi tu vas créer celle en baskets. C'est quoi au fait le titre du film ?

L'assistante qui accompagnait celui que je surnommais déjà *Grincheux*, la dénommée Julie, se rapprocha de moi et je réfrénais l'envie de rire qui m'avait saisie. Elle me tendit une tasse contenant ce qui avait l'apparence d'un café et qu'elle venait de ramasser sur une table proche recouverte également de verres, bouteilles de jus de fruits et autres viennoiseries.

— Tenez, buvez. Ne soyez pas angoissée, tout se passera bien. Votre maquillage est parfait. On voit que ce n'est pas la première fois que vous fréquentez ce genre d'endroit. Je vais vous indiquer où vous installer et, ensuite, je vous préciserai ce que vous devez faire. Ne faites pas attention au chef, c'est un ours. On va commencer et les scènes risquent d'être longues. Il faut vous hydrater. On fait une pause seulement en fin de matinée.

— Non merci, lui répondis-je machinalement, tout en refusant la boisson.

La gentillesse apparente de mon interlocutrice avait un côté rassurant. Et puis elle avait parlé de scènes avec un « s » à la fin.

Je suivis ma guide.

Arrivées sur le faux sable, celle-ci me fit signe de m'asseoir sur une serviette.

— Et maintenant, je fais quoi ?

— Vous n'êtes pas complètement allongée, en appui sur les avant-bras et vous regardez autour de vous comme si vous admiriez le paysage, mais vos yeux ne doivent s'arrêter sur aucun endroit précis. Vous comprenez ce que je veux dire ?

— Je vois : je regarde sans vraiment voir.

— Tout juste ! Moins d'une minute, puis vous vous allongez complètement et vous fermez les yeux. Après, il ne faudra plus bouger jusqu'à la fin des prises.

— Je ferai semblant de dormir ; rien d'autre ?

— Oui. C'est exactement ça. N'oubliez pas le « Ah » avant de fermer les yeux. Un « ah » de contentement ; comme si vous étiez très fatiguée et que vous puissiez enfin vous reposer.

Bien sûr le fameux « Ah ». Mon texte ! Voilà un vrai rôle de composition !

— OK, j'ai compris.

Je m'allongeai alors sur la plage reconstituée. Prenant la pose d'une jeune femme profitant de ses vacances pour s'offrir un bain de soleil. Sur une toile de fond agencée derrière moi, on apercevait des images d'un front de mer. Les figurants se répartirent à leur tour sur le sable.

Et j'entendis enfin le clap annonçant la première séance de la matinée.

« La Belle au Sable Dormant. Séquence 29. Prise 1.

Moteur. Ça tourne. Silence sur le plateau ! »

***

La journée était passée rapidement.

Hormis une pause rapide vers midi pendant laquelle j'avais eu droit à un maxi sandwich et un café à une grande table style réfectoire avec le reste de l'équipe, j'étais restée sagement allongée sur la fausse plage. Un soi-disant jour de travail à me reposer ! Le pied non ? Peu d'échanges avec les autres, hormis les formules de politesse d'usage durant le repas, chacun m'ignorant royalement et me laissant seule au bout de la table comme si j'étais une pestiférée. Enfin, presque tout le monde, car je perçus plusieurs fois le regard de celui qui jouait le prince posé sur moi. Je reconnais que si, de mon côté, je n'avais pas passé mon temps à le reluquer, je ne m'en serais sûrement pas aperçue. Mais à chaque fois, mon cœur battait plus vite. Surtout que je lisais dans ses yeux une interrogation, comme s'il attendait une réponse de ma part.

Une réponse à quelle question ? Lui aussi, il ressent ce truc bizarre entre nous ?

A priori, le repas frugal qui m'avait été servi était commun à tous les participants, budget serré de ce film oblige ! Enfin pour les acteurs et figurants, car Superex avait disparu du plateau deux bonnes heures. Restau pour lui ? J'avais profité de ma position « immobile » pendant les prises pour observer à travers mes cils baissés le manège des acteurs et figurants autour de moi. J'étais censée être une princesse – ça, ce n'était pas un scoop – que des promeneurs trouvaient endormie sur une plage et n'arrivaient pas à réveiller. Sauf un jeune homme, naturellement. Et devinez quoi ? C'était un prince qui se trouvait là par hasard, incognito ! Dans la dernière scène, il m'embrassait et j'ouvrais enfin les yeux… Pour lui tomber dans les bras, naturellement.

J'avais espéré inconsciemment que ça se terminerait ainsi et… mes espérances avaient été concrétisées.

Si je peux faire un commentaire quelque peu grivois, je dirais que ledit prince embrassait bien ; et même mieux que bien. Nous avions immédiatement dépassé le stade du baiser de cinéma. Tous les deux. Instinctivement. À notre étonnement. Sans chercher à résister à cette attraction qui nous poussait l'un vers l'autre. Comme si un lien ténu nous unissait déjà. C'était franchement étrange. Il y avait eu cette espèce de tension électrique entre nous quand il s'était penché vers moi. J'étais presque disposée à ajouter foi au coup de foudre. L'éducation donnée par ma mère avait laissé des traces vraisemblablement ! À force de jouer les princesses et de croire aux contes de fées, je serais capable de tomber amoureuse du prince charmant au premier regard ?

Quoique, vu la façon dont le jeune homme me regardait depuis mon arrivée sur le plateau, lui aussi ?

Je n'avais pas eu l'impression qu'il simulait la passion quand il m'avait embrassée. Qu'il jouait l'acteur. C'était plus fort que moi… Et que lui… Cette espèce de connexion…

Du reste, les techniciens n'avaient pas osé nous interrompre avant le « coupez » hurlé par un Superex apparemment peu emballé par notre prestation. Heureusement, ou malheureusement, on n'avait joué la scène qu'une seule fois.

C'était peut-être préférable en effet…

Bien que je n'aurais pas refusé une autre prise. Et lui non plus, si j'en croyais le regard qu'il m'avait encore jeté lorsqu'on avait dû se séparer. Un regard empli de ce qui ressemblait fort à… Je n'aurais su dire à quoi.

Et les autres scènes avec la vedette féminine, cette Samantha, il avait fallu les recommencer plusieurs fois à cause de lui. Comme s'il n'arrivait plus à tenir son rôle. Comme si tout rapprochement physique avec elle lui coûtait. Superex était furieux, je l'avais bien compris. Les autres aussi ; ce n'est jamais agréable de devoir recommencer des prises. Pas moi, étrangement. Cette nana ne me plaisait pas du tout. Et je me réjouissais intérieurement que Charles – c'est le nom du prince – n'ait pas à l'embrasser. D'accord, j'étais peut-être un peu jalouse…

Bon, je l'avoue : j'étais déjà jalouse…

Je suis persuadée que ce scénario a un air de déjà vu pour vous. Sauf que, dans cette version moderne, plein d'événements auraient lieu entre le moment où je tombe endormie sur ma serviette et celui où un baiser me réveille. Mais ils avaient été déjà tous tournés les jours précédents. J'appris incidemment que *mon* rôle était attribué à l'origine à Sonia L., un mannequin célèbre, mais que celle-ci s'était désistée au dernier moment. D'où la recherche en catastrophe d'une remplaçante, etc., etc.

D'accord, j'étais là pour jouer les doublures. Pas vraiment un rôle à citer sur mon CV, quoique ceux mentionnés jusqu'à présent n'ont pas grand-chose à lui envier finalement. Mais, au moins, un salaire décent et bienvenu. Et ce Charles, j'aimerais bien le revoir. Cette connexion entre nous, c'est seulement à cause du film, ou il y aurait une autre raison ? Ce serait ça l'Amour ? Celui dont parlait Tora hier ? J'ai bien cru qu'il allait me proposer un rendez-vous à la fin du tournage. La façon dont il m'a regardée après m'avoir embrassée ! Il cherchait à rester avec moi pour discuter quand on a enfin arrêté, juste avant que cette fille ne l'entraîne vers les loges. J'en suis presque sûre.

Je me disposais à quitter le plateau, mon chèque en poche. Mais Charles avait bel et bien disparu, happé par une autre comédienne, et nul ne s'intéressait plus à moi. J'avais sûrement idéalisé la rencontre avec cet acteur ; il devait bien rire de moi maintenant.

Allez, ma Cocotte, ne pense plus à lui. Tu n'es pas dans un conte de fées, mais dans la vraie vie. Ce type, les filles doivent lui tomber dans les bras. Il a sûrement l'habitude des nanas qui se pâment devant ses beaux yeux et tu ne serais qu'un numéro de plus dans sa collection. Arrête de te faire des illusions... N'empêche, je me noierais bien dans ses prunelles. On dirait la mer un soir d'orage...

Quant au film, c'était ce que je craignais ; pas un chef-d'œuvre. Heureusement que le salaire promis et versé pour cette prestation *remarquable* de ma part était substantiel. Sans oublier mon nom au générique ce qui améliorerait quelque peu mon CV. En espérant que la production ne soit pas un navet monumental.

Dire que mon moral avait baissé d'un cran était un euphémisme.

J'en étais là de ces pensées *positives* lorsque le metteur en scène – le dénommé Franck Superex connu de mon oncle – j'en étais quasiment sûre – et contemporain de ce dernier par l'âge – ça aussi je le supposais – réapparut et me fit signe de venir le voir. Rien ne transparaissait sur son visage quant au motif de sa « convocation ».

— Aurore, c'est ça ?

— Oui.

— C'était parfait. Tu as assuré. Bien, j'organise demain soir, chez moi, une réception privée avec les acteurs principaux et des journalistes pour faire la promo du film. J'ai invité d'autres fausses princesses comme toi et on fera des photos. Je te donne l'adresse. Vingt heures précises. Je compte sur toi. Je n'accepterai aucune excuse. Et au cas où tu hésiterais, tu seras défrayée naturellement.

Le voilà qui s'éloigne avant même que j'aie eu le temps de m'étonner qu'il me tutoie et sans attendre ma réponse. Il m'a glissé une carte dans la main.

Quel ton autoritaire ! On n'est plus au Moyen Âge. D'un autre côté, si j'y vais, Oncle Marc sera satisfait. Un bonus financier à la clé, je ne vais pas cracher dessus. Et il a bien dit « tous les acteurs » ? Si c'est vrai, je reverrai Charles... Comme ça, je serai définitivement fixée sur ses intentions...

Trois bonnes raisons pour motiver ma décision d'accepter. Surtout la dernière, pour être totalement honnête.

***

La maison était située à plus de trente kilomètres au nord de la capitale, sur une colline offrant une vue époustouflante sur la campagne alentour. Autant que je pus en juger car la nuit était sur le point de tomber à mon arrivée. Sa nièce préférée (car l'unique) n'ayant pas de voiture personnelle, Oncle Marc s'était généreusement proposé de me véhiculer et de m'attendre pour me ramener. En résumé, d'être mon chauffeur personnel. Même si sa voiture était plus proche de l'utilitaire que d'un carrosse. Inutile d'être devin pour comprendre que le tarif d'un taxi – obligatoire vu l'éloignement du lieu de toute gare et l'horaire de retour incompatible avec un transport en commun – aurait largement grevé le salaire obtenu pour ma prestation de la soirée. Enfin « généreusement » ; le terme est quelque peu exagéré dans la mesure où cela lui permettrait de reconnaître les lieux au cas où… Vous suivez son raisonnement naturellement. Je ne vous ferai pas l'injure d'en douter.

Mais c'est l'argument qu'il m'avait servi. Car inutile de vous le cacher, en temps normal il ne se serait jamais porté volontaire pour me *chaperonner*. Histoire que l'on ne nous voit pas ensemble si par malchance il était arrêté. C'est la version qu'il me vendait à chaque fois. Pourtant ce soir, j'avais des doutes car il avait particulièrement insisté, arguant que c'était la der, et… j'avais cédé.

Durant tout le trajet, il n'avait pas arrêté de me questionner sur ce Franck, son allure, sa voix. Si ce dernier avait manifesté une quelconque surprise en me voyant. Ça oui, mais je n'avais pas envie d'en parler ; alors je me tus. Même si le terme de « surprise » qu'il avait utilisé m'intriguait. Il n'insista pas. Pourtant je devinais à son attitude que quelque chose le tracassait. L'idée qu'ils se connaissaient, lui et Superex, prenait une place de plus en plus grande dans mon esprit. Mais je ne lui avais pas posé directement la question. Moi aussi, je préférais ne pas me montrer trop curieuse. Au moins pendant l'aller. Le questionnaire, je le réservais pour le retour, mon cerveau et mon cœur trépidant tous deux d'impatience à l'idée de revoir celui que je surnommais déjà mon « prince ».

Surtout mon cœur !

J'avais revêtu ma tenue « spéciale grandes occasions ». C'étaient des vêtements que j'avais acquis à la suite du seul tournage pour lequel j'avais touché un cachet supérieur au SMIC, et que j'arborais au besoin. Les accessoires dégotés dans des friperies me permettaient d'en modifier un peu l'apparence à chaque fois. Bien que je sois consciente qu'un œil exercé saurait remarquer la pauvreté de ma garde-robe.

Car, depuis ma majorité, et surtout depuis que j'avais réellement pris conscience de l'activité qu'il exerçait à temps partiel, je m'étais toujours refusée à bénéficier des largesses illégalement acquises par mon oncle. Sauf en cas de situation financièrement « désespérée ». Ce qui n'était arrivé qu'une seule fois en quatre ans, après deux mois sans une seule mission diligentée par les agences d'intérim où j'étais inscrite et une demi-douzaine de castings conclus par un « nous vous contacterons si… ». Le *si* annonçant le rejet poli de ma candidature. Et encore avais-je insisté pour que cet argent provienne bien des salaires qu'il avait perçus en échange d'emplois légalement déclarés.

Donc je n'avais jamais touché ma part de ses *visites domiciliaires secrètes* ou de ses *magouilles monétaires* dont il se gardait bien de parler en ma présence. Appelez ça mon côté « clair ». Ou mon côté « je plonge la tête dans le sable comme l'autruche pour ne rien voir » !

Mon côté « obscur », celui qui savait pertinemment que mes repérages le guidaient pour la première de ces activités, renâclait néanmoins de plus en plus à lui servir d'indic, comme je l'ai déjà dit.

Je ne vous décrirai pas mon arrivée, ignorée par l'hôte des lieux qui ne daigna pas me saluer. Je l'imitai. Facile : il jouait les hommes invisibles.

Une arrivée distinguée par contre – et pour ma plus grande joie – par le « prince » qui s'était posté sur la terrasse de façon à guetter les arrivants. Car je ne vois pas pour quelle autre raison il serait resté là. Surtout que Samantha était déjà à l'intérieur, cernée par une cohorte de soupirants, comme je le découvrirais par la suite.

Dès qu'il me vit, il se précipita à ma rencontre pour ne plus me quitter de la soirée. Car c'était bien moi qu'il attendait, ainsi qu'il me le révéla plus tard. Il avait été tellement désolé de ne pouvoir me parler avant mon départ du studio. Il craignait de ne plus me revoir et s'était réjoui d'apprendre que je viendrais à la soirée. J'abandonnais toute idée de jouer les coquettes en lui avouant d'emblée que ma présence avait en grande partie le même motif.

Résultat, il resta collé à mes basques – ou moi aux siennes –, ce détail importe peu. Si ce n'est qu'il m'empêchait certes de faire le repérage demandé par Tonton Marc. Mais une situation qui me mit plus qu'en joie, si j'en croyais les battements de mon cœur qui avaient pris un rythme supérieur à la normale, et ceux de mon vis-à-vis qui paraissaient jouer la même partition.

Je m'étais également réjouie en apercevant, à mon entrée dans les salons, mon équipe de « princesses » au grand complet. Même Tora était présente, alors que le discours choc qu'elle nous avait servi la veille aurait plutôt laissé penser qu'elle allait bouder ce genre de manifestation. Aurait-elle changé d'avis sur son avenir ? J'avais ainsi appris que la « délicieuse » responsable du casting avait, sur la demande du réalisateur et propriétaire de l'endroit, communiqué la liste des postulantes à ce dernier pour les besoins de sa promotion. Il leur avait fait adresser une invitation. Entre le défraiement promis pour leur participation à cette soirée et la possibilité d'y rencontrer des personnalités du cinéma, il n'y avait aucun prétexte pour refuser ; d'où le fait de les trouver en ces lieux. Et vraisemblablement la raison de la présence de Tora pour le premier des motifs évoqués. Car j'avais bien compris que, comme moi, elle ne roulait pas sur l'or et tout revenu inespéré était le bienvenu.

Pendant cet échange de propos sur les raisons de nos retrouvailles, Charles s'était tenu à mes côtés. J'avais fait les présentations, puis avais rapidement abandonné mes *consœurs* pour suivre mon « prince ». Sous leurs regards goguenards. Aucune n'était dupe de mon inclination. Oubliant complètement les repérages que j'étais censée faire pour celui qui m'attendait dans la voiture, comme je l'ai dit. Et sans aucun remords. Pour moi aussi, c'était la der ! Et Oncle Marc n'avait pas intérêt à me reprocher mon manque de coopération. Ce soir, je jouerais les égoïstes, les sans cœur… enfin, presque sans cœur puisque vous avez deviné que cet organe battait pour le jeune acteur à mes côtés.

Un homme grand, beau, séduisant, intelligent, sensible, doux… et naturellement *charmant.* Je ne vous le décrirai pas plus. Je vous laisse deviner. Et encore, vous resteriez en deçà de la vérité : il était bien plus que tout ce que vous pourriez imaginer.

Bref, vous l'avez compris, j'évoluais dans un monde de conte de fées. Un monde où les paroles, les regards que nous échangions trahissaient plus qu'une simple attirance. C'était comme si nous nous étions déjà croisés dans un univers parallèle et que nous nous retrouvions… enfin. Après une longue séparation.

Il m'avait avoué avoir lui aussi ressenti cette espèce de lien indestructible entre nous.

Puis nous avions parlé… parlé… et pas que ; quelques baisers, quelques caresses en prime. Sans prêter attention aux personnes qui évoluaient autour de nous… ni au temps qui s'écoulait…

Ce n'est qu'au moment où le maître des lieux daignait enfin apparaître dans la salle et demandait qu'on se rassemble pour la photo « inoubliable », celle qui était censée annoncer le film comme le « spectacle de l'année », que nous reprîmes conscience de l'endroit où nous étions et de la raison de notre présence.

Alors quelqu'un fit remarquer qu'il manquait une *princesse* à l'appel.

Au même moment, on entendit un hurlement provenant de l'étage, et nous précipitant tous vers l'origine de ce vacarme, nous découvrîmes le corps sans vie d'une personne dans le couloir et une autre à ses côtés, inconsciente…

Oncle Marc – car c'était hélas bien de lui qu'il s'agissait – baignait dans une mare rougeâtre qui n'avait rien de fictif.

Quant à Tora Allumette, elle était effondrée sans connaissance, le dos adossé au mur, ce qui avait amorti sa chute. Du sang maculait sa belle chevelure, conséquence vraisemblable d'un choc brutal avec la cloison.

Un couteau à la lame ensanglantée dans sa main gauche…

Et ce n'était pas du cinéma… Les deux victimes ne risquaient pas de se remettre debout et de saluer l'assistance après le clap de fin…

***

Je vécus les heures qui suivirent comme dans un brouillard, dont je n'avais nulle envie de m'extirper. Tant je m'y sentais en sécurité. Seule la présence de Charles à mes côtés qui, – ô miracle – ne m'avait toujours pas quittée une seule seconde depuis la découverte tragique, m'aidait à tenir debout. Le terme de debout étant naturellement un euphémisme.

Les deux enquêteurs chargés de l'enquête étaient des policiers visiblement chevronnés, ne boudant pas leur « plaisir » de se voir attribuer une investigation censée intéresser les journalistes d'un peu trop près vu l'identité du propriétaire des lieux et celle des invités. Ils m'avaient consignée dans un petit salon dès que mon lien familial avec le mort leur avait été révélé par lesdits invités.

Ces invités, une catégorie d'individus dont je faisais aussi partie.

Et je me demandais encore comment ils avaient appris ledit lien. Quoique, réflexion faite, mes cris de « Oncle Marc » à mon arrivée devant la victime d'un meurtre – c'était hélas ce qu'il était désormais – n'avaient pas manqué de leur être répétés dès leur entrée dans la propriété. Charles avait insisté pour rester avec moi, malgré les objurgations de ces mêmes policiers. Ils y avaient consenti, mais j'avais bien saisi que leur acceptation n'était que provisoire. Ils espéraient visiblement que la présence du jeune homme à mes côtés suffirait pour calmer l'hystérique que j'étais devenue au moment de la découverte du corps du seul parent qui me restait. Nul besoin d'être voyant pour deviner qu'ils avaient besoin d'une nièce revenue à une condition plus « apaisée » et en mesure de répondre à leurs questions.

Leur hypothèse était juste : la présence du « prince charmant » à mes côtés avait agi comme un catalyseur. Et mon cerveau se remit en état de marche.

Les autres participants à la soirée avaient été regroupés sur la terrasse aux fins d'y être dûment interrogés par les policiers. Ils arboraient tous un air renfrogné ; la publicité qui allait suivre sur leur présence à cette tragique soirée n'était pas forcément de celle qu'on recherche habituellement dans le milieu du cinéma. On ne pouvait leur demander de manifester un quelconque chagrin en outre, aucun d'eux ne connaissant personnellement le décédé. Ce qui ne me surprenait pas : mon oncle s'était toujours montré discret. Une obligation au vu de ses activités annexes. Mais – et je ne m'en étais pas assez étonnée auparavant –, une contre-indication pour un agent artistique censé faire la « promotion » de sa vedette. C'est vrai que, maintenant qu'il était mort, le fait qu'il soit resté dans l'ombre me troublait. Devais-je y voir un lien avec son assassinat ? Et fallait-il en parler aux policiers ?

Quant à la meurtrière présumée, nul ne la connaissait parmi l'assistance en dehors de notre groupe de princesses. Elle avait été prise en charge par le Samu et conduite à l'hôpital sans avoir repris connaissance.

Le fiancé dont elle nous avait parlé la veille ne devait pas être présent à la soirée, sinon il se serait manifesté. J'avoue que j'espérais qu'il soit rapidement prévenu pour qu'elle le trouve à son chevet à son réveil. Car elle allait se réveiller ? Elle allait nous expliquer que… Que quoi ? Qu'elle était juste un témoin ? Alors, pourquoi le couteau était-il dans sa main ?

Les pensées se bousculaient dans mon esprit et je ne savais plus comment les ordonner. Je décidais donc d'arrêter de réfléchir pour le moment et de laisser les policiers faire leur travail. Ils semblaient compétents ; autant leur faire confiance.

Le seul à avoir accueilli les faits avec un flegme remarquable était l'initiateur de la soirée et occupant légitime de l'endroit. Franck Superex ne s'attendait sûrement pas à bénéficier de ce *matraquage* publicitaire. Bien qu'il ne parvienne pas à cacher totalement la satisfaction qu'il éprouvait à l'idée des articles à venir dans les médias le lendemain. Et même si ceux-ci ne seraient pas forcément liés à la « qualité » de son futur film. Vraisemblablement pas d'ailleurs. Mais comment ne pas imaginer à l'avance les commentaires qui accompagneraient sa sortie future ? Surtout si le crime faisait la une des journaux d'ici là. La présence aux grilles de la propriété de moult reporters justifiait ses conjectures. L'information avait déjà fuité dans les médias : vive Internet !

Enfin, c'est ce que toutes les personnes présentes concluaient de son attitude.

Assise sur un canapé, Charles à côté de moi, son bras enserrant mes épaules, je ne pouvais m'empêcher d'éprouver du remords. Je devrais être en train de pleurer la mort de celui qui m'avait servi de père. Au lieu de cela, je savourais la présence chaleureuse de cet homme que je ne cessais de nommer en secret mon « prince charmant ». Je ne devais pas être dans un état normal, sinon je me serais sûrement demandé, avant toute autre considération, pourquoi mon oncle avait quitté le refuge de la voiture pour pénétrer dans la demeure… Et pourquoi il s'était retrouvé au premier étage… Et pourquoi on aurait voulu le tuer ; on ne tue pas un « invité indésirable », on se contente généralement de le raccompagner poliment vers la sortie… Alors qui avait porté le coup fatal ? Et que faisait aussi Tora au même endroit…

Toutes ces questions tourbillonnaient dans ma tête sans que je leur trouve une quelconque réponse. En plus de toutes les autres auxquelles je ne pensais pas encore…

Et, pour le moment, je n'avais aucune explication qui me vienne à l'esprit…

L'entrée dans la pièce des deux policiers interrompit mes cogitations. Je ne pus m'empêcher de glousser ce qui était pour le moins incongru en entendant leurs noms. Quoique Charles se mit à toussoter à mes côtés comme pour réfréner également un fou rire. Le Capitaine Dupond avec un D, comme il le souligna sans ébaucher pourtant le début d'un sourire, et son adjoint le lieutenant… Durant (avec un T ?) Le second ne le précisa pas. Vu leur air peu engageant, ces deux-là étaient habitués aux remarques sur leurs patronymes et n'appréciaient guère les quolibets en résultant. Les Dupond et Durant… C'était le pompon ! Deux policiers portant un patronyme presque similaire et officiant en équipe dans le même commissariat. Qui était la bonne fée, fan d'Hergé, qui les avait associés ? Hormis le fait qu'ils n'étaient pas jumeaux, et qu'une bonne dizaine d'années les séparait, donc un mauvais casting. Par contre, la contenance qu'ils affichaient : on aurait dit un remake d'une série américaine où officient le gentil flic et le méchant flic. Sauf que ce n'étaient vraiment pas de bons acteurs puisqu'il était aisé de deviner qui était le bon et qui…

Stop, Aurore ! Tu zappes leurs noms et leurs rôles à ces policiers. Ton oncle a été assassiné, ce n'est pas le moment de sortir des blagues douteuses ! Reprends-toi !

Heureusement pour moi, personne ne sembla s'émouvoir de mon attitude. Le traumatisme, devaient-ils penser. Ou alors, ils étaient tellement habitués aux réactions bizarres des témoins qu'ils n'y prêtaient plus aucune attention.

— Mademoiselle Étoile, désolés de vous... euh... perturber après le choc que vous venez de subir, mais nous aurions quelques questions à vous poser ?

— Je comprends.

— Monsieur Charles... Martaul, c'est ça ?

— Oui, Capitaine.

— Vous voulez bien nous laisser seuls avec Mademoiselle et demeurer sur la terrasse avec les autres en attendant que mes collègues aient pris votre déposition.

Ce n'était pas une question et mon *amoureux (!?)* se leva, non sans m'avoir chuchoté à l'oreille qu'il m'attendrait pour me raccompagner.

— Mademoiselle, encore une fois désolés, mais nous avons besoin d'une confirmation. L'homme... enfin, la victime, c'était votre oncle ? Marc Étoile ?

— Oui. C'était le frère aîné de ma mère... Son demi-frère plus exactement.

— Il était venu avec vous ?

— En effet. Comme je n'avais pas de voiture, il s'était proposé pour m'accompagner à la soirée.

— Mais il ne figurait pas sur la liste des invités, n'est-ce pas ?

— ... Non.

Je sentais venir les questions délicates. Quelles étaient les paroles de mon oncle déjà ? Ah oui.

Ma Chérie, si je suis « cueilli » par la police, tu nies toute connaissance de mes activités... euh... de mes activités annexes. Tu vois ce que je veux dire... Mais tu n'es pas arrêté Oncle Marc, tu es mort ! Alors quelle importance maintenant ce que je peux raconter ! Je dois faire confiance à ces enquêteurs pour comprendre ce qui s'est passé. Tout leur révéler sur tes finances illégales. Et tant pis si ça me met en situation délicate moi aussi ; tu n'es plus là ! Et je veux qu'on trouve celui qui t'a fait ça. C'est ça le plus important ! Le reste... Pour le reste, on résoudra ce problème plus tard !

— Il vous a donc juste accompagnée ?

— Il était censé m'attendre dans la voiture pour me ramener chez moi. Normalement, la soirée ne devait pas durer. Une heure… deux heures maxi. On était là pour une photo. Plus éventuellement une interview par des journalistes. Pour ça, je ne suis pas sûre. Mais c'est généralement ce qui se fait dans ce genre de réception.

— C'est en effet ce que les autres invités ont dit à mes collègues. Vous savez pourquoi votre oncle a quitté le parking et a pénétré dans la maison ?

— Je… En fait… Il aurait pu… Enfin, il aurait pu entrer pour repérer les lieux.

Voilà. Ça y est ! Je l'ai dit !

— Repérer. Repérer comment ? Vous pouvez être plus précise ?

— C'est-à-dire que mon oncle… Il lui est parfois… peut-être… arrivé d'emprunter quelques objets chez des particuliers…

— Emprunter ? Vous voulez dire voler ?

— … Je… Oui.

— Et vous étiez au courant de ses activités ?

— Je… Je le supposais. Naturellement, il n'en parlait pas et nous n'habitions pas ensemble… Mais je me posais des questions sur ses moyens de… Sur l'origine de ses revenus.

Là, je ne mens pas. Enfin, juste un peu.

— D'accord. Donc, vous pensez qu'il aurait pu s'introduire dans la maison pendant la soirée pour *emprunter* quelques objets ?

Pourquoi tu y es allé, Oncle Marc ? Jamais tu n'aurais pris un tel risque auparavant.

— Oui. C'est possible.

— Votre oncle avait-il déjà rencontré Franck Superex, le propriétaire des lieux ?

— Non… Pas à ma connaissance… Je ne crois pas… Bien que…

— Bien que ?

— J'ai eu le sentiment qu'ils s'étaient connus autrefois ; mais c'est juste une impression.

Les deux enquêteurs échangèrent un regard, puis le plus âgé reprit.

— Pourquoi cette impression ?

Je me devais d'être franche. Alors je leur racontais sa réaction bizarre au téléphone lorsqu'il avait appris le nom du metteur en scène. Ses questions sur son aspect physique, sur sa réaction en m'apercevant. Obnubilée par mon désir de retrouver Charles, je n'y avais pas prêté une grande attention. Mais, au vu de ce qui était arrivé, je réalisais maintenant que son comportement avait été pour le moins étrange et que jamais, même au moment où mes finances étaient au plus bas, il ne m'avait proposé de me servir de chauffeur. M'offrir de l'argent pour me payer un transport, ça oui. Mais m'accompagner ! Non, pas une seule fois. C'était un agent artistique qui œuvrait dans l'ombre. Plus que ça même, en y repensant : il travaillait pour moi presque « incognito ». Toujours par téléphone ou par mail ; jamais de rendez-vous en « live ». Je réalisais maintenant que c'était sûrement volontaire. C'est intentionnellement qu'il avait toujours soigneusement évité les photographes. Les rares, les très rares fois où j'étais apparue aux côtés de *célébrités*, il m'avait laissée seule. Restant toujours à l'écart. Je pensais naïvement jusqu'alors que c'était pour m'abandonner toute la lumière.

Mais, si ça avait été pour une autre raison ?

Cette simple idée était dérangeante. Terriblement dérangeante…

Les deux enquêteurs me questionnèrent aussi sur mon enfance, sur les relations entre ma mère et son frère, sur leurs activités. Malgré ma honte, je leur révélais le métier déclaré de ma mère (serveuse dans un bar) et celui plus occulte (consolatrice occasionnelle d'hommes seuls). J'ai toujours préféré cette formulation au terme habituel de prostituée. Quant à mon oncle, je savais qu'il était inscrit officiellement comme manœuvre dans plusieurs sociétés d'intérim, mais j'ignorais lesquelles. Ils m'écoutèrent attentivement, m'interrompant parfois pour me demander une précision.

Je ne leur cachais rien. À quoi bon ? Les deux étaient décédés maintenant. Ce n'est pas comme si je devais préserver leur réputation. Quant à la mienne ? Une fois que mes liens avec eux seraient dévoilés au public, ça risquait de faire les gros titres des journaux. Le genre de publicité qu'on préfère éviter. Mais quelle importance désormais ? Ma *carrière* (un grand mot pour pas grand-chose) en pâtirait. Oui, et alors ? Après ce qui venait d'arriver, la mettre entre parenthèses, ou l'abandonner était le dernier de mes soucis… J'espérais seulement que mon côté « clair » ressortirait de cette tragédie.

Tora, je la connaissais pour avoir bavardé avec elle lors de nos castings communs, mais rien d'autre. Nous n'avions jamais tourné dans le même film, encore moins passé du temps ensemble dans un bar, ou autre lieu du même acabit. La seule avec laquelle j'avais échangé plus que des banalités était Sirena. Et encore, nous en étions restées aux lieux communs. Je ne savais rien de sa vie privée ; elle ne savait rien de la mienne. Hormis le fait que j'étais attirée par Charles. Mais beaucoup de ceux présents à la soirée auraient pu l'attester. Nous n'avions pas cherché à nous cacher aux regards.

Aussi fus-je surprise en apprenant de leur bouche que le fameux fiancé dont Tora nous avait parlé n'était autre que le secrétaire particulier de Superex. Ce qui expliquait un peu mieux la présence de la jeune fille à cette soirée ; c'est lui qui avait insisté pour qu'elle y soit invitée. C'est ce qu'il leur avait aussitôt déclaré avant de la rejoindre à l'hôpital.

Même s'il ne s'était pas fait remarquer lors de la macabre découverte. Je ne me souvenais pas de l'avoir vu avec les autres invités à ce moment. Ni même à mon arrivée. Ce qui n'était pas surprenant : je ne me rappelais pas grand-chose de ce moment, à part les bras de Charles me réconfortant.

Ils demandèrent alors à un policier en uniforme de me raccompagner chez moi. Une demande qui ressemblait d'ailleurs plus à un ordre et je fus bien obligée d'obéir. Je quittai ainsi la propriété sans avoir revu l'homme qui hantait désormais mon esprit (et pas que), dans un état de confusion que vous pouvez aisément deviner.

À peine arrivée chez moi, je me jetai encore habillée sur mon lit et laissai – enfin – libre cours au chagrin qui m'étouffait.

Le sommeil me prit par surprise aux premières lueurs de l'aube.

***

C'est la sonnerie de mon portable qui me réveilla. Un numéro inconnu s'affichait. Un coup d'œil m'apprit qu'il était un peu plus de seize heures.

Seize heures !

— … lo.

— Aurore, c'est toi ? Oh seigneur, je te réveille, pardon.

— … Charles ?

— Oui. Je voulais savoir comment tu vas. Je sais, c'est une formule idiote ; tu ne peux pas aller bien.

— Charles ? Mais… Mais comment as-tu eu mon numéro ?

— Ton… Oui… Tu te souviens, une de tes collègues à la soirée te l'a demandé avant qu'on ne les quitte. Elle disait connaître… Peu importe ce qu'elle disait : j'ai oublié et ce n'est pas important. Je crois que c'était la brune. Blanche, autant que je me souvienne. J'ai entendu ta réponse et j'ai une excellente mémoire. Remarque dans notre métier, ça aide.

— Oh… Je suis si heureuse que tu m'appelles. On ne m'a plus autorisée à te parler hier. Et j'avais peur… Enfin, je craignais que tu ne veuilles plus me revoir en apprenant quel genre d'homme était mon oncle. Ma famille n'est pas des plus recommandables et je comprendrais que tu m'évites désormais…

Même si ça me briserait le cœur.

— … Car je suppose que les journaux ont dû aussi mentionner les raisons de sa présence à l'intérieur de la maison.

— T'éviter ? Quelle idée ! Si tu penses ça, c'est que tu me connais mal. OK, j'ai lu les journaux et ils ne font pas vraiment l'éloge de ton oncle. Mais il s'agit de lui ; pas de toi. Et puis, tu sais que les journalistes en rajoutent toujours une couche, histoire de gonfler les tirages. D'accord, ce n'était peut-être pas quelqu'un de bien, seulement il a été assassiné. Quoi qu'il ait pu faire, c'est une victime. Et toi, tu n'es pas comme lui. Je le sais. C'est mon cœur qui me le dit… Aurore, je… Je ne peux ôter ton nom, ton visage de mon esprit. C'est… Je ne trouve pas le mot, alors qu'on ne se connaît que depuis quelques heures. C'est comme si tu avais toujours fait partie de mon existence.

C'est pareil pour moi mon prince.

— Oh, Charles. Tu as pris une grande place dans ma vie en si peu de temps. J'ai peine à le croire. C'est comme un rêve. Et j'ai peur de me réveiller.

— Je ressens la même chose. Je pense à toi sans arrêt. Toi aussi tu l'as éprouvée cette drôle de connexion entre nous ?

— Oui.

— Je voulais savoir ce que je peux faire pour t'aider… Non… La vraie raison, c'est que j'ai besoin de te voir, de te serrer dans mes bras. Tu me manques. Je peux passer ?

— Oui… Attends je crois qu'on sonne à la porte. Ne quitte pas.

Je m'extirpai du lit. Inutile de penser à une robe de chambre : j'avais dormi habillée et si mon apparence gênait celui qui s'invitait à une heure indue… Heu… Pas si indue en fait.

J'ouvris pour me trouver face à deux policiers en uniforme. D'un seul coup, j'avais du mal à parler.

— Mademoiselle Étoile, nous sommes chargés de vous conduire au Commissariat. Le Capitaine aurait encore des questions à vous poser.

— Euh… Maintenant ?

Ils me toisèrent, puis l'un d'eux ébaucha un sourire gêné.

— Oui. Mais prenez le temps de vous changer et de prendre quelques affaires de toilette.

— Des affaires ? Ça veut dire… Vous m'arrêtez ?

— Non, mais ça pourrait être long.

— Je vois… J'en ai pour un 1/4 d'heure. Vous pouvez attendre à l'intérieur.

Vu la taille de mon appartement, ils verraient que je ne risquais pas de m'échapper. Je retournai dans ma chambre, saisis le combiné.

— Charles, tu es toujours là ?

— Oui. C'était qui ?

— Des policiers. Ils veulent que je les accompagne au commissariat ; il doit y avoir du nouveau.

— Tu veux que je t'y retrouve ?

— Non ; ils ont dit que je risquais d'en avoir pour un bon moment. Je te rappelle dès que je le peux.

— Promis ?

— Promis.

— D'accord. Je… Je tiens à toi, n'oublie pas.

Il a failli dire quoi là ? Oh, Charles, si tu savais…

— Je sais. Moi aussi.

Un quart d'heure plus tard, j'étais douchée et habillée *proprement.*

Quel macho a osé dire que les femmes prennent un temps infini pour se préparer ? Bon, d'accord, en temps normal, j'aurais mis un peu plus que ces quinze minutes chrono. Mais avec deux mâles en uniforme dans la pièce à côté, on n'a pas trop envie de se pomponner.

***

Les Dupond/Durant (avec ou sans D, j'avais désormais dépassé le stade de la plaisanterie) et leurs équipes avaient bien occupé les dernières heures. Les cernes sous leurs yeux l'attestaient. Et les techniciens scientifiques également. A priori, le dénommé Superex avait des relations haut placées pour faire accélérer les recherches et filtrer les articles qui paraissaient dans la presse.

Ainsi que je le découvris par la suite.

Toujours est-il que j'appris un certain nombre de nouvelles, dont certaines ne risquaient pas de me réjouir.

D'abord que Tora était dans un état jugé très préoccupant. Voire critique. Compte tenu de sa grave blessure à la tête, les médecins l'avaient plongée dans un coma artificiel. Elle n'était pas en mesure de témoigner – si tant est qu'elle puisse l'être un jour – et restait un suspect potentiel ; car elle tenait le couteau – instrument qui s'était avéré être bien l'arme du crime – dans sa main. Moi, je ne la supposais pas le commettre ledit assassinat. Mais il est vrai que l'on ne connaît des gens que ce qu'ils veulent bien nous laisser voir. D'ailleurs, n'avais-je pas moi-même caché une part sombre de ma vie à ceux qui me côtoyaient ?

Ensuite – et c'est peut-être ce qui me fit le plus mal –, les empreintes digitales de mon oncle avaient livré leurs conclusions. Rapidement. Et pour cause ! Il était connu des services d'Interpol. Sous un autre nom. Bravo les données informatisées des polices de plusieurs pays qui permettent un accès aussi prompt à ce genre d'infos. Je croyais qu'on ne voyait ça que dans les séries télévisées. Mais a priori, dans la vie réelle, c'est aussi faisable.

Donc, mon oncle apparaissait dans la base internationale. Sauf que ce n'était pas tout à fait le visage qui correspondait au nom. Ils attendaient confirmation du légiste. Mais, selon les premières constatations de ce dernier, Oncle Marc – enfin plutôt Oncle Markus selon leurs dires – aurait eu recours à la chirurgie esthétique dans le passé pour modifier la forme de son nez et de ses pommettes. Ce qui signifiait – toujours selon les deux

Dupond/Durant – qu'il y avait une bonne raison pour qu'il change d'apparence. Et pas une du genre avouable sûrement. Or, à ma connaissance, il n'avait jamais parlé d'un quelconque accident ayant nécessité une reconstruction de son visage.

Donc, il avait cherché à se cacher. Mais de qui ?

Changement d'apparence, mais pas que : changement d'identité également, ce qui confirmait ma supposition.

Étais-je au courant ?

Non, naturellement.

Deuxième nouvelle : le nom de ma mère était donc lui aussi un faux. Un faux superbement réalisé. Du genre à abuser pas mal de gens. Mais un faux…

Troisième nouvelle – et c'est ce qui me mit carrément KO, quelle que soit la bonne expression à employer – mon nom n'était pas mon nom. Que bref, je ne m'appelais pas Étoile, puisque ma mère ne s'appelait pas ainsi, puisque mon oncle ne s'appelait…

J'étais qui alors ?

Trois jours auparavant, j'étais une apprentie starlette en train de fulminer contre une responsable de casting, en train de papoter avec des collègues dans la même galère que la mienne.

L'avant-veille, j'étais la même starlette sur le point de tomber amoureuse d'un prince charmant. Plus seulement *sur le point* pour être honnête. Car, amoureuse de lui, ça je l'étais. C'était même la seule chose dont je sois à peu près sûre en ce moment.

Et aujourd'hui, j'étais une femme qui n'avait plus de famille et – surtout – plus de nom. Sauf celui que me donnèrent les policiers : Garbowski. Mon oncle et ma mère s'appelaient ainsi. Markus et Marianna Garbowski. Je comprenais pourquoi le prénom de ma mère – enfin celui que je connaissais avant – était Marie. Marc, Marie : ils avaient cherché à garder des petits noms proches des leurs.

Le frère et la sœur avaient réclamé le statut d'apatrides, à la toute fin des années 90, peu avant le changement de millénaire. Un statut qu'ils avaient obtenu rapidement ; soit un hic selon les policiers qui me précisèrent que, normalement, cette sorte de demande nécessitait une procédure plutôt longue. Ce qui n'avait pas été le cas. Alors que ma mère était enceinte de moi en plus. Donc… Les conclusions étaient faciles à déduire. Au moins partiellement le *comment* : *on* les avait aidés. Ils avaient des relations à un haut niveau gouvernemental, ou policier, ou influent : ça, c'était pour le *on.* Ce *on* restant encore inconnu à ce stade de l'enquête. Quant à ce qui concernait le *pourquoi*, le mystère était loin d'être résolu. Très loin. Je supposais qu'ils avaient quelque chose d'important à offrir en échange. Une info ?

Le frère et la sœur s'étaient à l'époque présentés comme des expatriés pour raisons politiques. Officiellement réfugiés de l'ex-Yougoslavie, qui n'était d'ailleurs déjà plus l'ex-Yougoslavie. Mais au point où l'on en était, un mensonge de plus ou de moins… C'est en tout cas ce qui figurait dans les dossiers que les policiers prirent la peine de me résumer. Néanmoins, il y avait de fortes présomptions pour que ce soient des allégations fallacieuses. Ils avaient naturellement fourni des attestations, des témoignages, des preuves. Obtenu le sésame, le droit de résider sur le sol français à titre permanent. Ensuite, ils avaient brusquement disparu des radars officiels. D'où l'ouverture du dossier Interpol suite à leur *évanouissement*. D'où aussi certainement l'intervention de la chirurgie esthétique pour mon oncle et le changement de coiffure pour sa sœur.

Mais les investigations policières n'avaient rien donné durant toutes ces années ce qui en disait long sur l'habileté et, vraisemblablement, les contacts de ma mère et de mon oncle avec des milieux particulièrement « occultes » et « puissants ».

Ce qui paraissait éliminer le *on* des services officiels et légaux. A priori.

A priori surtout dans la mesure où depuis l'annonce du décès de mon oncle, nulle personne rattachée à un ministère quelconque n'avait interféré dans l'enquête.

Tous ces renseignements, ainsi que les suivants, me furent obligeamment fournis par les policiers et je dois humblement reconnaître que mon cerveau mit un certain temps à assimiler le tout. Et à en appréhender les conséquences.

Ma naissance avait été dûment déclarée dans une clinique de la capitale, mais sous un autre nom que celui fourni aux services d'immigration. Qui les avait assistés à ce moment ?

Fausses identités, faux papiers ; il faut des moyens tant matériels que financiers pour acquérir tout ça. Mon acte de naissance était tout ce qu'il y a d'officiel. Les emplois occupés par mes deux parents étaient déclarés au fisc ; ma mère touchait des allocations familiales et…

C'était évident qu'ils avaient reçu de l'aide de quidams inconnus, mais « puissants ».

Car c'étaient des réfugiés peut-être. Des fugitifs sûrement. Mais pour des raisons politiques, j'en doutais fortement désormais. Donc, la police connaissait maintenant leurs identités officielles. Enfin, celles qu'ils avaient données. Alors la mienne aussi, par voie de conséquence. Aurore Garbowski, presque comme Garbo. Presque comme le nom de la Diva du cinéma au siècle passé. En un autre moment, j'aurais sûrement ri de l'analogie.

Sauf que depuis 22 ans, j'avais moi aussi une fausse identité !

Quatrième donnée : je devenais quoi dans cet imbroglio pour les enquêteurs ? Une autre victime ? Une suspecte ? Et l'identité de mon père était-elle si *inconnue* que ma mère et son frère avaient bien voulu me le faire croire ?

D'ailleurs, qu'y avait-il de vrai dans ce qu'on m'avait seriné depuis mon enfance ?

Conclusion de tout cela, j'étais placée en garde à vue comme, *officieusement*, témoin protégé d'un crime ; *officiellement* complice éventuelle d'une arnaque. On ne disait pas encore d'un meurtre, mais la frontière est proche… Sympa pour ma carrière la publicité faite ainsi autour de ma modeste personne !

Si carrière il y aurait encore, ce dont je doutais ; et non sans raison.

Et puis être *protégée* à l'intérieur des murs d'une cellule, ça avait un côté ironique pour une *princesse* !

Je préférais ne pas imaginer ce qu'allait en penser Charles lorsqu'il apprendrait ma nouvelle déchéance. Cerise sur le gâteau, on ne m'avait pas autorisée à communiquer avec une personne de l'extérieur, en dehors d'un avocat. Soi-disant pour mieux assurer ladite protection.

Bref, j'étais dans de beaux draps… ou plutôt dans des mauvais.

Du coup, je m'étais adjugé l'aide d'un défenseur commis d'office. Obligation légale ? Conseil avisé des policiers ? Un peu des deux, je pense. Un certain Maître Jules Cafteur. Un nom pareil, ça ne s'invente pas. On aurait dit que des fées s'amusaient à accumuler les poncifs sur ma personne et la situation. Comme pour écrire la trame d'une comédie dont je serais le personnage principal.

Sauf que, n'en déplaise à ces êtres féeriques ou ces divinités, il ne s'agissait ni d'un conte, ni d'une mascarade, mais plutôt en l'occurrence d'une tragi-comédie. Voire d'une simple tragédie, car, à ce stade, je n'étais pas en mesure d'en prévoir la fin.

J'espérais juste que la présence d'un défenseur assermenté m'aiderait à mettre un semblant d'ordre dans ce capharnaüm qu'était devenue ma vie.

***

Pour être honnête, ma villégiature forcée dans les locaux de l'hôtel de police n'était pas aussi désagréable que d'aucuns pourraient le supposer. Je pense que j'avais droit à un régime de faveur, les enquêteurs tablant sur le principe que j'étais une sorte de victime. Ils m'avaient expliqué agir ainsi par précaution, tant qu'on n'en saurait pas plus sur les activités de mon parent et les raisons qui avaient conduit à son assassinat. En ce qui concernait ce dernier point, aucun doute pour les enquêteurs. Le légiste avait d'entrée écarté l'hypothèse du suicide.

Je ne l'avais même pas envisagée.

Mon oncle se serait poignardé avec un couteau (trouvé où ?) et l'aurait ensuite placé dans la main de Tora avant (ou après ?) lui avoir cogné la tête suffisamment fort contre le mur pour la mettre KO ? En outre – et çà c'était le meilleur – dans la main gauche, parce qu'il savait qu'elle n'était pas droitière ! Alors qu'il ne l'avait jamais rencontrée auparavant ! Même le meilleur écrivain ne pourrait imaginer pareil scénario !

Je fus ainsi gardée non dans une cellule, mais dans une sorte de salle de repos. Entre deux entretiens (car ça ressemblait plus à des conversations qu'à des interrogatoires). On m'apporta des livres. Mais téléphone confisqué, pas de télé, ni de journaux : donc pas de possibilité de savoir ce que racontaient les médias. Logique ! Je n'allais pas le leur reprocher. Même si, dans l'état où j'étais, je n'avais ni le goût à lire, ni encore moins celui de regarder des fictions policières ; la réalité me suffisait amplement. Pourtant l'intention était bonne et je leur en sus gré. En outre, preuve de leur compassion (?) à mon égard, on me fournit des vêtements de rechange ; facile, puisque naturellement mon logement avait eu droit à une fouille qui, m'apprit-on, n'avait rien donné (j'aurais été la première surprise du contraire). De même que celui de mon oncle ; mais là secret de l'enquête (sic) !

Les inspecteurs m'avaient mise rapidement hors de cause pour le meurtre de Marc (pour moi, il porterait toujours ce nom), mais non pour ma complicité *éventuelle* lors de ses cambriolages antérieurs. J'en avais fourni une liste, laquelle était vraisemblablement loin d'être exhaustive. Ma participation avait été proportionnelle à ma notoriété ; il vous est donc aisé de deviner que le nombre de « visites domiciliaires » réussies par mon oncle grâce à mes renseignements se comptait sur les doigts d'une seule main. Et je tablais là-dessus pour bénéficier de l'indulgence future des juges.

Les enquêteurs cherchaient avant tout à savoir comment ceux qui m'avaient élevée avaient pu sortir si facilement des *radars* administratifs et policiers durant toutes ces années. Pourquoi et qui ils avaient fui. Qui leur en aurait voulu au point de vouloir encore les assassiner. Plus exactement, qui en voulait encore à mon oncle après plus de vingt ans. Pour la première fois, je me réjouissais que ma mère soit décédée des suites de ce qu'on appelle pudiquement *une longue maladie*.

Pour tenter de résoudre cette problématique, les *Dupond-Durant* du commissariat s'étaient vu adjoindre moult assistants. Apparemment, dans les hautes sphères de l'Administration, des ministères ou quels que soient les organismes concernés, le dossier de cette enquête était passé tout en haut de la pile. Et j'avais cru comprendre que le dénommé Superex était en mesure de tirer quelques ficelles.

De plus, mon avocat avait cru bon de rappeler qu'on ne pouvait pas me garder ainsi indéfiniment sans une bonne raison. Ce à quoi je ne pouvais pas lui donner tort…

Bref, beaucoup de questions encore sans réponse et tous espéraient que je saurais leur en fournir quelques-unes, comptant pour cela sur mes souvenirs d'enfance.

Car une chose était au moins sûre dans tout ce bazar : Marc était bien mon oncle. Vive les tests ADN ! Ma mère ayant été incinérée, les possibilités de vérification de son côté étaient *limitées*. Heureusement, j'étais le portrait craché de ma génitrice qui, elle, ressemblait à la photo dans le dossier des policiers de l'époque, quelques rides en plus, une coupe et une couleur de cheveux différente… Génial ! Au moins une vérité dans tout ce capharnaüm : ma mère était bien ma mère et mon oncle, son *vrai* frère ; mêmes géniteurs pour eux. Il est vrai que ces deux-là ne se ressemblaient pas vraiment dans *ma* vie. Ils me disaient toujours qu'ils avaient eu le même père, mais pas la même mère… Encore des mensonges. Maintenant, je sais pourquoi : grâce aux miracles de la chirurgie esthétique pour mon oncle.

Car selon les photos extraites de la demande d'asile de l'époque, le lien familial entre les deux était indéniable.

Seulement les explications devraient encore attendre car, non seulement Tora ne s'était pas réveillée, mais elle avait hélas fini par succomber à sa blessure. Ce qui m'avait fortement attristée. Quoi qu'il se soit passé, elle ne méritait pas de mourir aussi jeune. Pas comme cela !

Son décès compliquait de ce fait la tâche des policiers en charge de l'enquête. Car son « fiancé » s'avérait être bien ce qu'il avait déclaré : un homme âgé de quelque quatre décennies, assistant personnel de Franck Superex depuis des années. Depuis l'époque où il n'était encore – encore : remarquez la formulation – qu'un simple PDG, et non le *grand* metteur en scène. Cet homme aurait rencontré Tora dans le bar où elle travaillait, plusieurs semaines auparavant, et ne pouvait expliquer pourquoi on avait retrouvé la jeune fille à cet endroit précisément de la maison. Un étage où nul n'était censé accéder durant la réception. Il avait conduit Tora à la demeure plus tôt dans la soirée et son patron lui ayant demandé d'aller chercher un accessoire indispensable pour LA photo, il était retourné au studio à cet effet et était donc absent au moment du… enfin de… il était absent. C'est pour cela que je ne l'avais pas vu près de Tora.

Mais, un détail me titillait : s'il manquait ce détail indispensable à la réussite de LA photo, pourquoi ne l'avait-on pas attendu pour nous rassembler ?

J'abandonnai très vite la question. La réponse qui me vint à l'esprit était tellement évidente : un caprice du metteur en scène à coup sûr !

C'est donc lui qui avait insisté pour qu'elle soit présente à la réception et il était (sic encore) inconsolable, endossant la responsabilité de ce qui lui était arrivé. Il ne comprenait pas pourquoi elle aurait commis ce meurtre. C'était sûrement un malentendu ; elle serait pour lui une victime collatérale. Le fameux « au mauvais endroit au mauvais moment ». À moins que sa dulcinée ne lui ait fait des cachotteries. Ce qui serait envisageable, maintenant qu'il se rappelait certains appels téléphoniques étranges dont elle n'aurait pas voulu parler ; voire certaines absences inexpliquées de son lieu de travail, des castings bidon. Toujours sic. C'est formidable comme la mémoire des événements passés revient vite quand nécessité se fait sentir.

Pourtant, selon les enquêteurs, ses déclarations étaient cohérentes. Ses allégations avaient été dûment vérifiées et s'étaient avérées exactes. Il avait bien effectué le trajet : ses passages au péage l'attestaient. Big Brother était là et avait tout enregistré ! Pire : son passé était sans taches. Pas même une petite contravention à lui reprocher ! L'homme parfait !

Donc qui était Tora en réalité ? Et pourquoi aurait-elle voulu poignarder mon oncle ? Si c'était bien elle la meurtrière évidemment. Ce qui restait à prouver.

Le couteau provenait de la cuisine ; l'assassin n'avait pas eu à aller bien loin pour trouver une arme. Mais alors, Tora serait passée par cette salle avant de monter à l'étage ? Et personne ne l'aurait aperçue ? Il y avait pourtant des serveurs qui transitaient par cet endroit. On nageait en plein délire.

Merci aux enquêteurs qui me communiquaient ainsi des bribes de renseignements. Néanmoins, je n'étais pas bête au point de penser que c'était par pure bonté. Je devinais qu'ils attendaient de moi que je confirme ou infirme par mes déclarations et – surtout – mes réactions certaines de leurs hypothèses.

C'est ainsi que je reconnus sur une photo du fiancé de Tora l'individu bodybuildé avec lequel Superex avait échangé le matin du tournage. Et le fait que leur discussion était à mon propos me revint subitement à la mémoire. Je mentionnais ce fait aux policiers.

Et je me souvenais bien de son regard sur le plateau quand Superex lui avait parlé : ce type cachait quelque chose. J'en avais la conviction.

Par voie de conséquence, je n'accordais plus autant de crédit aux déclarations de cet homme.

Sauf que je semblais être la seule à partager cette impression. Les policiers l'avaient écarté très vite de la liste des suspects. Son alibi avait été vérifié, etc., etc.

Mais s'il mentait, Tora pourrait être innocente. Elle serait bien une victime collatérale. Curieusement, je le souhaitais.

Mais qui serait alors le meurtrier ? Ou la meurtrière ?

Et toujours : pourquoi ?

***

Le troisième jour de ma fausse détention, les *Dupond-Durant* – j'avais renoncé depuis le premier moment à les appeler autrement – me firent revenir une fois de plus dans leurs bureaux pour me communiquer leurs dernières découvertes. Ou plutôt, comme j'allais vite le réaliser, leur absence de découvertes.

L'avocat était présent : indice rassurant… et pas rassurant à la fois.

Leur enquête piétinait (même s'ils ne me l'avouèrent pas en ces termes), et ils avaient encore besoin de mes *lumières.* Je ne peux m'empêcher de les citer car je ne sais pas s'ils se rendirent compte de leur *jeu de mots* : mon nom jusqu'alors était *Étoile* ! Il faut reconnaître que dans l'état psychologique et physique où je me trouvais, toute bizarrerie était la bienvenue pour me faire oublier les circonstances qui m'avaient conduite dans leurs locaux.

On me demanda à nouveau si Marc n'aurait pas évoqué devant moi par le passé une connaissance, un lieu ou autre chose qui m'aurait semblé incongru.

Je leur répétais – une fois de plus – que, d'après moi, il avait abandonné la voiture pour s'introduire en catimini dans la maison et faire des repérages ; sans leur préciser que c'était théoriquement mon boulot. Je vous ai déjà expliqué pourquoi je m'étais mise en chômage technique dès ce soir-là. Et puis si j'étais disposée à être franche, il y avait quand même des limites à ma coopération. Franche, d'accord, mais pas suicidaire au point de leur fournir la corde pour me pendre !

La police était au courant de ses activités parallèles depuis le premier jour, grâce à moi. Des activités corroborées par la découverte dans son appartement de bijoux ne lui appartenant pas. Mais fichés par contre dans une liste d'objets déclarés volés. Je me gardais bien de leur dire que cet oubli m'étonnait de sa part : je n'imaginais pas mon oncle conservant des preuves compromettantes chez lui. Je n'avais jamais remarqué d'objets nouveaux lors de mes visites. Il est vrai que, depuis plusieurs années, je n'avais pas mis les pieds dans son studio. Depuis que j'avais réalisé la nature de ses activités non déclarées aux impôts. C'est le plus souvent lui qui venait chez nous, tant que maman était en vie ; sauf à de rares occasions. Et toujours depuis le décès de cette dernière. Avant j'étais trop jeune et trop innocente pour faire ce genre de constatations. Pourtant Marc était malin ; pas du style à laisser traîner des indices aussi compromettants. Il aurait dû les avoir écoulés ou vendus depuis longtemps. On n'échappe pas à la police sans faire preuve d'un minimum d'intelligence et de prudence. Et s'il avait ces bijoux, ça voudrait dire qu'il était riche. Ce qui n'était pas le cas. J'en étais sûre à cent pour cent. Là, c'est comme si *on* avait voulu le piéger. Mais alors, ce *on*, ce serait qui ? Le même que celui qui les avait aidés à leur arrivée en France ? Ou un *on* nouveau, du genre hostile ?

Et il y avait aussi cette impression première dont je ne pouvais me défaire : ce Franck Superex n'était pas un inconnu pour lui.

Quant à ce que Tora faisait avec Marc, je n'en avais pas la moindre idée. Et, lâchement, je ne souhaitais pas le découvrir, de peur de ne pas aimer, justement, la réponse à cette interrogation.

Devant mon ignorance manifeste, et suite aux dispositions légales qu'ils étaient censés suivre et que mon avocat se faisait un plaisir de leur rappeler continuellement, les policiers se décidèrent enfin à me laisser libre de regagner mon domicile. En attendant de statuer sur des poursuites éventuelles à mon encontre.

Et sous la condition expresse que je ne le quitterais pas.

Le quitter ? Pour aller où ?

J'avais échangé une quasi-prison pour une autre…

Je me demandais même s'ils ne m'avaient pas libérée pour que je joue la chèvre dans l'histoire. Ils m'avaient bien dit au début que je risquais d'être en danger, non ?

Dans un bon téléfilm policier, ne cite-t-on pas souvent l'indic ou l'appât pour piéger le méchant de l'histoire ? Je savais ne pas entrer dans la première catégorie. Le choix du rôle qui m'était dévolu était plutôt restreint.

Et guère plaisant.

Seule « lumière » dans mon présent, j'avais appris par mon avocat qu'un certain Charles M. ne cessait de l'appeler pour prendre de mes nouvelles. Il parlait presque de harcèlement téléphonique de sa part.

Quel doux mot à mes oreilles…

***

Je n'avais jamais été une adepte du ménage. Pourtant la première chose que je fis en refermant la porte derrière moi fut de me saisir d'un balai, d'un chiffon, enfin de tout objet qui me permettrait de remettre un semblant d'ordre dans mon appartement. Histoire de supprimer les traces du passage des policiers. Histoire aussi de m'occuper suffisamment pour empêcher mon esprit de réfléchir aux conséquences des événements récents.

Ou aux risques que je pourrais courir.

Je m'y employais depuis moins d'une heure lorsque mon téléphone sonna.

La voix au bout de la ligne fit battre mon cœur d'une façon que je préfère ne pas vous décrire. Je ne trouverais jamais les mots exacts.

— Aurore, c'est moi. Ton avocat vient de me prévenir qu'on t'avait libérée. Je l'avais contacté parce que… Je…

— J'ai su par lui que tu t'inquiétais, mais j'avais peur de t'appeler.

— Peur ?

— J'ai appris tellement de choses sur ma famille, de choses pas forcément… pas respectables.

— Et alors ? Ta famille, ce n'est pas toi, je te l'ai déjà dit. Si tu crois que cela a une quelconque incidence sur mes sentiments pour toi, tu me… Fais-moi confiance.

— Pardon, Charles. Je ne voulais pas te blesser. Je ne sais plus très bien où j'en suis.

— Je peux le comprendre, ma Chérie.

Il a dit « ma Chérie » !

— Viens Charles. S'il te plaît. Viens vite. J'ai besoin de toi. L'adresse, c'est…

Juste le temps de lui donner les coordonnées et il allait me rejoindre. Pourtant je ne pouvais pas me décider à raccrocher. Lui non plus. Nous n'avions pas besoin de parler. Le bruit des battements de nos cœurs respectifs parvenait à nos oreilles et ils jouaient une mélodie merveilleuse.

Hé ! Ne vous moquez pas, s'il vous plaît ! Je vous ai déjà parlé de cette espèce de connexion qu'il y avait entre nous depuis le début. Vous ne me croyez pas ? Cependant, elle était bien là. Comme si on était destinés à ne faire qu'*un* depuis la nuit des temps !

Bon, d'accord, ça fait cliché, chimère, utopie, roman tout ce que vous voudrez. Moi, je la sentais ! Et lui aussi ! Il me l'avait avoué !

Alors…

Il finit par rompre le silence…

— J'arrive le plus vite possible, ma Douce…

Il a dit « ma Douce » ?

— J'étais en réunion avec mon agent et un producteur. On me propose un rôle intéressant. On vient juste de terminer de discuter du contrat. Je ne suis pas très loin de chez toi.

— Je t'attends.

— Tu m'as tellement manqué !

— Toi aussi.

— Ces derniers jours, sans savoir comment tu allais vraiment, c'était l'enfer. Ton avocat restait toujours dans le flou. J'en étais malade de ne rien savoir ! Je… Je me dépêche.

— D'accord… Qu'est-ce… ! Ne raccroche pas encore ! On sonne à la porte.

— Tu attends quelqu'un ?

— Non et… Reste en ligne, d'accord ? Juste au cas où.

— Je ne quitte pas.

J'ouvris le cœur battant, mais mon sourire mourut sur mes lèvres aussitôt que je compris qui se trouvait sur mon seuil.

— À voir ta tête, Aurore, je dirais que ce n'est pas nous que tu espérais voir se présenter à ta porte.

J'étais tellement surprise que je les laissais machinalement pénétrer dans mon appartement.

— Joli, remarqua Superex en jetant un coup d'œil rapide sur la minuscule pièce garnie de meubles dépareillés car il était facile de deviner qu'ils provenaient de brocantes. Enfin, si on aime le côté kitch. Ça a dû la changer ta mère d'habiter dans un tel environnement, ajouta-t-il en s'installant sans vergogne sur mon canapé.

L'homme qui l'accompagnait et que j'avais reconnu comme le soi-disant fiancé de Tora avait entretemps refermé la porte, poussé le verrou et se tenait devant, bras croisés, comme pour m'empêcher de fuir. Un fiancé dévasté par le chagrin, selon les dires des policiers. Nous ne devions pas avoir la même définition de l'adjectif « dévasté », car rien dans son attitude, et encore moins sur son visage, ne le laissait croire.

Mes jambes tremblaient tellement que je me laissais tomber sur une chaise.

Heureusement que j'avais remis machinalement mon portable dans ma poche sans l'éteindre avant d'ouvrir la porte. Pourvu que Charles entende…

Et, s'il te plaît, dépêche-toi de venir ici ; j'ai peur.

— Bon, Aurore, je crois qu'il faut qu'on parle sérieusement toi et moi. Je savais que tu serais libérée aujourd'hui. Comme tu le vois, je suis bien renseigné.

— …

— Je présume que tu n'as rien à m'offrir à boire.

— …

— Ton silence est éloquent. Remarque, je comprends que tu sois étonnée que je me sois déplacé en personne dans ton quartier… *huppé*, rien que pour te voir.

— Vous êtes qui ?

— Franck Superex, ton metteur en scène voyons. Ne me dis pas que tu as oublié cette partie de ta vie.

— Non, je veux dire, pourquoi. Pourquoi êtes-vous là ?

Les mots étaient sortis tout seuls, sans que je puisse les retenir. Il ne chercha pas à cacher son ton dédaigneux.

— Voyons ma belle, ne me raconte pas que tu l'ignores. Que tu n'aies rien dit à la police, je le comprends. Je l'approuve surtout. Entre parents, on se soutient. Les secrets doivent rester au sein de la famille. Mais ta mère et ton oncle t'ont bien parlé de moi… Ce n'était pas un hasard ta participation à ce tournage ? Non ?

Mon air surpris l'étonnait. Il se répéta.

— Non ?

— Non, putain !

— Oh, pas de jurons s'il te plaît. OK… Tu vas être stupéfaite mais je te crois… Enfin, un peu. Par contre, cela complique nos affaires.

Un silence, pendant lequel il me dévisagea. Je reconnus le regard froid du premier jour ; celui qui m'avait quelque peu terrorisé. Puis, il soupira.

— Tu ne sais vraiment rien ?

— Non. Je devrai vous le répéter combien de fois ? Je ne sais même plus qui je suis réellement. Qui je dois croire désormais. On m'a menti toute ma vie.

— Tu sais quoi : je serais presque enclin à te croire.

— …

— J'ai dit : presque. Ça ne m'étonnerait qu'à moitié, à la réflexion, qu'ils t'aient caché la vérité.

— Quelle vérité ?

— Je suis ton cousin petite. En quelque sorte.

— Mon… cousin ?

— Un cousin lointain certes, mais nous sommes apparentés.

— Je ne vous crois pas. Si tel était le cas, vous me l'auriez dit la première fois que nous nous sommes vus.

— Touché ! Disons que je n'ai pas trouvé le moment opportun pour un rapprochement familial.

— Et ça l'est maintenant ?

— En effet !

— Vous êtes qui en réalité ?

— Je m'appelle Franck Superex ; ça, c'est la version officielle et disons que tu n'as pas besoin d'en savoir plus. Quand je t'ai vue au studio, ça m'a fait un choc. Tu sais que tu ressembles sacrément à ta mère au même âge ? Marianna, c'était une beauté et tu as hérité de ses traits. Tu serais même son clone s'il n'y avait pas la couleur de tes cheveux et cette fossette au menton que tu tiens de ton père.

Le faire parler. Ne pas lui montrer ma peur. Pourvu que Charles n'ait pas coupé la communication.

— Vous avez connu mes parents ?

— Et ton oncle. Je viens de te le dire ; on était apparentés. Bon, j'ai un peu menti quand j'ai dit qu'on était des cousins éloignés. En fait, on est proches. Je devrais plutôt dire, on était proches.

— …

— Tu es bien silencieuse. Oh, c'est vrai, tu es une actrice et je ne t'ai pas donné ton script.

Et le voilà qui rit comme s'il venait de sortir une bonne blague. Et l'autre, devant la porte, qui ricane aussi.

Mais qu'est-ce qu'ils me veulent ?

— Bon, arrêtons les plaisanteries. Mon temps est compté. Le tien aussi d'ailleurs.

S'il dit cela, c'est qu'il va me tuer. Réfléchis, Aurore, il doit bien y avoir un moyen de t'en sortir.

— Je vous écoute. C'est vous qui avez des choses à m'apprendre.

— Tu as raison ! Dommage que ceux qui t'ont amenée dans ce pays en quelque sorte n'aient pas eu la même idée ! Ils auraient dû réfléchir avant de prendre les mauvaises décisions !

— Vous voulez parler de ma mère et de mon oncle ?

— Absolument. Ton oncle possédait quelque chose qu'il m'a volée il y a longtemps. Bien avant ta naissance. Je sais que tu n'ignores pas que c'était sa spécialité, dérober le bien d'autrui. Ce qu'il a pris aux autres, je m'en moque. Mais il se trouve que ce qu'il s'est approprié avant de quitter la famille… Avant de quitter rapidement *notre* famille, c'était un souvenir de mon passé. Un souvenir auquel je tiens énormément. Figure-toi qu'il n'avait pas l'intention de me le rendre. Pas une attitude sympa entre cousins ! Quelle expression a-t-il employée au téléphone déjà Boris, quand il m'a appelé l'autre soir et m'a prévenu de ta visite ?

— Il a dit que vous seriez ravi de *la* rencontrer, Patron.

Patron ! Il n'y a que dans les films de gangsters qu'on entend ce mot-là. Et je n'aime pas du tout la façon dont ils me parlent. On dirait qu'ils se moquent de ce que je pourrais apprendre. Comme si je n'aurais jamais l'occasion de les dénoncer. Courage Aurore. Continue à gagner du temps. Si Charles entend toujours la conversation, il va comprendre que je suis en danger, non ?

— Tu imagines ! Un jour, ils disparaissent. Pfft, comme ça ! Envolés, disparus, introuvables les cousins ! Pendant plus de vingt ans, on n'a aucune nouvelle. On va même jusqu'à soupçonner leurs morts ! Il est vrai qu'avec le contrat sur leurs têtes ce n'était pas impossible. Enfin, seulement soupçonner. Car sans preuve véritable, il y avait toujours un doute… Et voilà que l'autre soir, il m'appelle le Markus et me parle comme si on s'était quittés la veille ! Après toutes ces années ! Tout ça pour m'annoncer que la fille de Marianna, sa nièce donc, allait débarquer sur mon tournage le lendemain ! Remarque je n'aurais pas dû être étonné, c'était bien sa façon de procéder : il adorait les surprises. Ses surprises à lui ; pas celles qu'on pourrait lui faire !

Je comprends mieux son attitude du premier jour. Lui savait qui j'étais quand il m'a vue.

— Il est vrai Patron, qu'il a bien réussi son coup. Refaire surface comme ça, après tout ce temps !

— C'est vrai Boris. Il m'a surpris au début. Surtout qu'on ignorait que Marianna attendait un enfant de Victor !

Victor ! Mon père s'appelait donc Victor.

— … Mais tu oublies de répéter à ma chère cousine ce que son oncle a ajouté ; c'est ça le plus important.

— Il a aussi dit qu'elle était si belle que vous *chanteriez* en la rencontrant.

— C'est ça ; il voulait que je *chante*. Tu m'as déjà entendu chanter Boris ?

— Jamais.

— Tu vois, Aurore, personne ne peut m'obliger à chanter et surtout pas un soi-disant cousin qui a disparu pendant plus de vingt ans en emportant un souvenir de notre dernière rencontre. Un objet qui ne lui appartenait pas. Et qui a une valeur inestimable à mes yeux.

— Je ne comprends vraiment rien à ce que vous dites.

— Allons, allons. Ne me dis pas que ta chère maman et ton oncle ne t'ont rien raconté !

— Non, rien. Je ne cesse de vous le dire.

— Markus ne t'a jamais révélé où il aurait pu cacher un certain enregistrement ?

— Un enregistrement ? Quel enregistrement ?

C'est quoi cette histoire d'enregistrement maintenant ?

— Boris, je pense que la mémoire de ma « cousine » a besoin d'être stimulée.

— Mais je vous répète que je ne sais rien ! Ce que j'ai appris sur eux, c'est la police qui me l'a révélé ! Et encore, je les soupçonne de m'avoir caché des choses.

— Ah ces braves policiers, toujours à faire des cachotteries.

— Vous me croyez maintenant quand je vous affirme que j'ignorais tout du passé de ma mère et de mon oncle ?

— Je crois que toi aussi tu n'aimes pas faire des confidences à la police. Ils ont dû te l'apprendre, mes chers cousins.

— Non ! Non ! Mille fois non !

— Désolée, ma chère, mais si ton oncle avait été plus bavard, ou si on avait trouvé le « trésor » caché dans son appartement, on ne serait pas venu t'embêter, n'est-ce pas Boris ?

— Vrai, Patron.

Dans son appartement ? Mais les policiers m'ont affirmé avoir trouvé des objets volés... Je comprends : ce sont eux qui auraient laissé des indices ! Mais comment ?

— Arrête de cogiter petite. On peut lire sur ta figure tout ce qui se passe dans ta tête. Décidément, ta mère t'a mal éduquée. Elle savait bien cacher son jeu, elle. C'était une excellente comédienne, ce que tu n'es pas. Et je m'y connais.

— Je ne comprends rien à ce que vous dites.

— Vraiment. Comme tu mens mal ! N'est-ce pas Boris.

— Toujours vrai, Patron.

Ce Boris, ce perroquet, j'ai envie de...

— Il t'énerve hein ? Tu vois, je t'ai dit que ton visage était un vrai livre. On a laissé quelques petites choses dans son appartement pour amuser la police c'est vrai. Des bijoux de famille que j'avais autrefois déclaré volés... Hé oui, ça rapporte les assurances !

— Je ne comprends toujours pas pourquoi vous lui vouliez du mal.

— Mais je ne lui voulais aucun mal ! Enfin, pas au début. C'est lui qui voulait me tuer. Avec un couteau ! Un couteau volé dans ma propre cuisine qui plus est ! Soi-disant, il voulait supprimer les risques pour ta vie. Il disait que ça lui était égal de finir ses jours en prison du moment que toi tu étais à l'abri. Qu'il avait une histoire toute prête pour expliquer son geste. Je ne t'ai jamais menacée petite. Pour la bonne raison que j'ignorais ton existence jusqu'à l'autre matin. Quelle arrogance de sa part ! Là, je dois dire que c'est lui qui a été surpris quand tu l'as désarmé Boris !

— Hem...

C'est donc ainsi que ça s'est passé. Mais à quoi pensais-tu oncle Marc ?

— Heureusement que je me méfiais de lui. Je guettais ton arrivée, figure-toi. Je m'attendais à un coup tordu de Markus et j'avais raison ; je l'ai bien vu dans votre auto. Mais j'avais anticipé la chose et envoyer quelqu'un en voiture en faisant croire que c'était Boris au volant, ça me donnait un coup d'avance.

Ce n'était donc pas lui dans la voiture.

— Décidément, c'est trop amusant de lire ce que tu penses ! Non, il n'était pas dans la voiture. C'était quelqu'un d'autre. Les vitres teintées, ça aide. Comme ça, il pouvait surveiller les agissements de ton oncle.

— Marc ne vous aurait jamais agressé !

— Oh, oh ! On sort ses griffes ! Tu le connais mal ! Il était venu pour me tuer ; je viens de te le dire. Ton cher oncle ! Boris m'a protégé. C'était de la légitime défense. J'aurais préféré ne pas en arriver à de telles extrémités, histoire de lui faire avouer ses cachettes à ton oncle. Mais il ne m'a pas laissé le choix. Il s'imaginait pouvoir me poignarder impunément ! Quelle folie ! Bon, il a fallu maquiller un peu tout ça, car je ne me voyais pas expliquer aux policiers pourquoi il m'aurait menacé. Et cette fille qui était présente en plus.

— Tora ?

— Oui. Elle était vraiment accro à Boris, tu sais. C'est lui qui me l'avait dit. Il était sur le point de rompre car elle avait un côté un peu trop fleur bleue et elle s'imaginait des choses qui n'existaient pas. Comme dans les contes de fées. C'est amusant : elle aurait pu jouer dans le film à ta place.

— Elle racontait qu'elle allait se marier.

— Oh mais je ne doute pas qu'elle le croyait. Boris, il était bien obligé de lui mentir un peu. Il faut te mettre à sa place.

— Et lui, il s'est mis à la place des filles auxquelles il racontait des cracks pour les emmener dans son lit et les jeter ensuite ?

— Waouh ! Quelle passion ! Tu es bien la fille de Marianna décidément.

— Vous me dégoûtez tous les deux.

— Modère un peu tes propos, veux-tu. Je ne suis pas d'humeur. Ce pauvre Boris, c'est lui qui a le plus perdu beaucoup dans l'histoire. Tora n'aurait jamais dû monter à l'étage. Cette manie qu'elle avait de le suivre partout aussi cette fille. Mets-toi à sa place quand il a réalisé qu'elle avait assisté à notre *conversation* avec ton oncle. Il la croyait en bas avec toi et tes « copines ».

Mon Dieu, c'est pour ça qu'elle se trouvait là ! Elle devait chercher son fiancé. Elle a été témoin. Ce n'est pas elle la meurtrière. Ce sont eux les criminels. Mais alors cet homme, ce Boris, il aurait frappé sa petite amie et monté la mise en scène pour qu'on croie que c'est elle qui avait tué Marc ! Ils ont dû improviser dans l'urgence, car elle n'avait aucun mobile.

— C'est exactement ça, ma chère. Décidément, j'adore feuilleter les pages de ton visage. Ce pauvre Boris qui avait un faible pour la demoiselle, je crois.

— Oui, je l'aimais bien. Une brave fille.

Une brave fille, Tora ? Elle disait qu'ils allaient se marier.

— Tu l'aimais bien, mais pas au point de sacrifier notre sécurité, n'est-ce pas ?

— Je connais mes priorités, Patron. Et j'ai dit que je l'aimais bien, mais elle devenait trop collante. C'est énervant à la longue. Les femmes doivent apprendre à rester à leur place.

Macho en plus !

— Voilà Aurore ce que j'admire chez cet homme : sa fidélité depuis plus de vingt ans ! Tu aurais dû le voir veiller sur sa chérie à l'hôpital avec tellement de dévouement ! Les infirmières en pleuraient presque. Il faut dire qu'il est un bien meilleur acteur que ton ex-copine. Boris, qui s'est assuré qu'elle ne se réveille pas surtout…

— Euh… Patron, si je peux me permettre, l'horloge tourne ; il ne faudrait pas trop s'attarder.

— Attends, laisse-moi réfléchir à un scénario plausible. Pas question de saboter tout ce qu'on a construit jusqu'ici. Pour l'instant, on est à l'abri de tout soupçon. Mais j'ai tendance à la croire cette jolie cousine. Dommage qu'on ne puisse pas lui faire totalement confiance à elle pour taire nos relations familiales aux autorités…

S'il me raconte tout ça, c'est qu'ils ont vraiment l'intention de me tuer moi aussi. Pas de témoin. Ce qui est ridicule puisque je ne sais rien. Charles, je regrette tellement que les choses aient évolué ainsi...

— … Tu comprends, jeune Aurore, après avoir déposé quelques objets chez mon cher Markus, des « trésors » dont il aurait eu du mal à expliquer la provenance, histoire de corroborer le scénario du tonton voleur, il reste quand même le problème de l'enregistrement. Je ne voudrais pas que des policiers un peu trop zélés mettent la main dessus avant nous. Tant que ton oncle était recherché par les Autorités de ce pays, je savais qu'il ne pouvait pas me nuire ; Mais, maintenant… Je suis persuadé qu'il a dû laisser des indices sur le lieu où il l'a caché à sa sœur et à toi ; volontairement ou non. Il suffit que tu fasses un petit effort de mémoire. On est évidemment disposés à t'aider pour ça. C'est chose naturelle entre membres d'une même famille. Alors, tu vas nous suivre bien gentiment. Et on aura ainsi tout le temps de réfléchir ensemble dans un endroit, disons plus « protégé ».

— Et si je refuse ?

— Nous sommes deux, ma *cousine*. Deux contre une : le match est truqué d'avance.

— Mais les policiers vont me rechercher.

— Certes, mais ils penseront que tu étais bien une complice du gentil tonton Markus, que tu leur as menti et que tu as pris la poudre d'escampette dès qu'ils t'ont libérée. Et, par la suite, on supposera que tu savais toi aussi comment disparaître ; que tes parents t'avaient parfaitement éduquée à cet égard… Et je peux t'affirmer que nul ne te reverra.

Je ne pourrai pas leur échapper !

— Quant à moi, je suis insoupçonnable. Nul ne connaît nos liens familiaux et tu te doutes que j'ai quelques relations.

— On ne croira pas à ma culpabilité !

— Bien sûr que si ma Chère. D'après ce que j'ai entendu dire – et mes sources sont excellentes –, les policiers ont de sérieux doutes à ton égard. À toi de choisir les modalités de ta *disparition* naturellement. Surtout que si tu m'aides, je suis du genre reconnaissant. Très reconnaissant. Tu aurais tout à y gagner. Moi, j'ai été plutôt franc avec toi : je t'ai expliqué la situation. Tu y réfléchiras pendant le trajet et je suis persuadé que tu comprendras très vite où est ton intérêt. Allez, assez perdu de temps. Boris, prends le sac et le manteau de cette demoiselle ; nous partons…

Au même moment, on entendit des sirènes dans la rue…

Parce que vous croyez vraiment qu'il n'y a que dans les films que la cavalerie arrive juste à temps ?

***

Vous vous attendiez vraisemblablement à une description détaillée des conditions de l'arrestation de Superex et de son sbire. Je sais que je vais vous décevoir en vous résumant simplement les faits.

Persuadés qu'on ne pourrait rien leur reprocher sauf d'être passés prendre de mes nouvelles et me présenter leurs condoléances – soit le summum affiché de la courtoisie –, les deux hommes se laissèrent appréhender sans résistance.

Les « révélations » d'une jeune fille « chamboulée » par les derniers événements et prête à tout pour décrocher un rôle seraient facilement « contrées » par leurs avocats.

Surtout en raison de leur position sociale et de leurs relations.

Et également comme ils me l'avaient laissé entendre – en raison des soupçons qui pesaient sur ma personne.

C'est ce qu'ils pensaient.

Mais ils ignoraient que Charles avait enregistré notre conversation, comprenant rapidement quelle en était la teneur. Utilisant un autre téléphone emprunté à son agent (une coïncidence heureuse que les deux autres intervenants de la réunion se soient attardés), il avait appelé la police. Les inspecteurs avaient, à mon insu, déjà mis mon domicile sous surveillance, ce qui expliquait la rapidité de leur intervention faisant suite à l'alarme de mon prince et… La suite est facile à deviner.

Je ne m'étais pas trompée en imaginant servir d'appât.

En épluchant les factures de mon oncle, les policiers avaient en effet découvert l'existence d'un coffre dans une banque. Une fois ouvert, ils y avaient trouvé une vieille cassette vidéo montrant un meurtre en direct. Ainsi qu'une autre datant du jour du tournage sur laquelle oncle Marc avait enregistré sa confession. Il avait effectivement décidé de régler le problème à sa façon lors de la réception. Le meurtre en question était celui de mon père, Victor Svensji, un policier de l'ex-Union soviétique, passé au service de la Mafia russe par amour pour la fille du *Parrain*.

Dire que je voulais devenir une vedette de cinéma. Toute cette histoire aurait pu être inventée par un scénariste, s'il n'y avait pas eu – hélas – des victimes innocentes.

Pris de remords à la suite de l'assassinat des membres d'une même famille auquel il avait dû non seulement assister mais également participer, mon géniteur avait décidé de tout révéler à la police de son pays. Dénoncer ce crime et certains autres « incidents » qui auraient nui gravement à la bonne santé de l'entreprise mafiosi et de ses dirigeants. Lesquels bénéficiaient d'appuis « haut » placés ; d'appuis très haut placés. Mon oncle était présent lors de l'exécution du soi-disant traître qu'il savait être le compagnon de sa sœur, mais qu'il n'avait pu sauver. Les deux amoureux avaient en effet caché leur relation, conscients que celle-ci ne réjouirait pas forcément *Papa Mafieux.* Seul Marc était au courant. Écœuré (le mot est faible) par le forfait, il avait pris la fuite avec sa sœur (enceinte de moi mais ayant caché son état au reste de la famille) pour échapper à cette destinée. Non sans faire connaître l'existence de cette cassette à la *Famille* ; en l'occurrence leur cousin Franck. Celui qui avait commandité l'exécution. Celui qui avait pris la relève à la mort du « Papa ». C'était leur assurance-vie pensaient-ils.

Bon d'accord, ils n'avaient pas vraiment réussi à suivre un mode de vie qualifié d'honnête ; mais au moins, ils n'avaient plus de sang sur les mains. Et ils étaient parvenus, pendant une bonne vingtaine d'années, à se soustraire autant à la police, qu'à ladite *Famille*. La police supposa l'aide d'*amis* influents et désireux de garder leur anonymat.

Ce qui leur fut d'autant plus facile qu'à ce jour leurs identités ne sont toujours pas révélées.

Pourquoi Oncle Marc avait il décidé de se faire reconnaître par Superex, alias le *Parrain 2* depuis la mort de mon grand-père, je l'ignore. Alors qu'il s'était tu pendant plus de vingt ans. Le besoin de libérer sa conscience ? Pourquoi vouloir le tuer maintenant, alors que, selon toutes les apparences, il avait suivi l'évolution de sa carrière dans la presse sans se manifester ? Mystère également.

Il m'avait dit que ce serait la dernière fois. Souhaitait-il supprimer définitivement la menace qui planait sur ma tête depuis que j'apparaissais sur les écrans ? Même si celle-ci, vu mes engagements passés, était encore aléatoire. Ou bien craignait-il que mon physique ne ravive certains souvenirs parmi les proches de la *Famille* et que je sois utilisée comme monnaie d'échange pour la récupération des cassettes ? Supposition corroborée par les faits malheureusement.

C'est lui qui s'était introduit dans la cuisine, y avait dérobé un couteau. Lui qui avait menacé Superex. Ce qui était illusoire de sa part quand on connaît le bonhomme. Lequel plaida naturellement la légitime défense par la suite. Argument défendable. Sauf que les menaces à mon encontre, le meurtre sur la cassette et celui de Tora, ça c'étaient des justifications nettement moins convaincantes devant un jury. Les deux hommes allaient vite le découvrir…

Un individu comme ce Boris capable d'assassiner sa petite amie, une innocente, sur ordre de son *patron*, et deux fois qui plus est puisque la première avait échoué, cet homme-là ne méritait pas mon indulgence. Et ledit *patron* encore moins, même s'il se targuait d'appartenir à ma famille. Il y a des liens du sang qu'il convient d'oublier.

Quant à ce qui me concernait, les policiers décidèrent d'*oublier* mon éventuelle complicité dans des cambriolages. Oncle Marc, dans sa confession enregistrée, donnait les raisons qui avaient conduit à leur fuite, à sa sœur et lui. Il reconnaissait ses vols et assurait avoir toujours agi seul. Je le soupçonne de ne pas avoir tout révélé à cet égard : il avait certainement un peu plus que ces larcins à se reprocher, mais les policiers parurent plus intéressés par Superex et Boris que par les écarts de conduite de mon oncle et ne poursuivirent pas leurs investigations sur lui. Jusqu'à la fin, il nous aura protégées, maman et moi, au mieux de ses capacités.

Le scandale fut naturellement à la mesure de la notoriété du principal accusé.

Le film ne fut jamais terminé, ce qui, à mon humble avis, ne fut pas une catastrophe.

Ma mère avait raison finalement : j'étais bien une princesse. Bon d'accord, pas une héroïne de conte de fées. J'étais plutôt une « altesse » parmi les mafiosos et autres *familles* du même acabit. On ne choisit pas ses ancêtres.

Mais si ma vie jusqu'alors n'avait pas été un conte de fées, voilà qu'elle le devenait.

D'abord, je reçus moult propositions de tournages.

Je m'étais trompée : loin d'être un frein pour ma carrière, la publicité entourant l'affaire avait propulsé mon histoire à la une des tabloïds et les producteurs voulaient surfer sur cette popularité. On parlait même de réaliser un « biopic » – un terme tellement plus actuel que biographie ! – sur mon oncle. Aussi furent-ils surpris par mes refus.

Je préférais désormais vivre dans l'anonymat, même si les succès cinématographiques de Charles m'en extirperaient parfois à l'avenir et que je serais amenée à fouler des tapis rouges à son bras.

Vous ai-je dit que mon *prince charmant* m'avait demandée en mariage et que j'avais accepté ?

C'est ainsi que se termine mon récit.

Enfin, celui que j'accepte de vous raconter car, comme dans toute bonne histoire qui finit bien, nous allons nous marier, être très heureux et avoir beaucoup d'enfants.

Enfin, *beaucoup* ; n'exagérons rien.

Nous allons avoir *des* enfants…

Imprimé en France
Achevé d'imprimer en août 2023
Dépôt légal : août 2023

Pour

Le Lys Bleu Éditions
40, rue du Louvre
75001 Paris